红豆生南国

王安忆

人民文学出版社

图书在版编目(CIP)数据

红豆生南国/王安忆著.—北京:人民文学出版社,2022
ISBN 978-7-02-016011-2

Ⅰ.①红… Ⅱ.①王… Ⅲ.①中篇小说-小说集-中国-当代 Ⅳ.①I247.5

中国版本图书馆CIP数据核字(2021)第262072号

责任编辑　朱卫净　杜玉花
装帧设计　汪佳诗

出版发行　人民文学出版社
社　　址　北京市朝内大街166号
邮政编码　100705

印　　制　凸版艺彩(东莞)印刷有限公司
经　　销　全国新华书店等

字　　数　100千字
开　　本　787毫米×1092毫米　1/32
印　　张　6.75
版　　次　2017年6月北京第1版
印　　次　2022年3月第1次印刷

书　　号　978-7-02-016011-2
定　　价　69.00元

如有印装质量问题,请与本社图书销售中心调换。电话:010-65233595

目录

乡关处处
1

红豆生南国
51

向西,向西,向南
129

乡关处处

一

上虞往沪杭方向的长途班车破开晨曦，驶近停靠，车已半满，月娥竟还坐到凭窗的座位。向外看去，正看见自家房屋，被天光照亮，绰约有人影从门里走出，向公路过来，却只一霎，转眼不见，仿佛被草木合闭。合闭中，有一张五叔的脸，罩着怨色：走，走，走，留我一个！正月开初，就是这一句话，越说越剧，十五过后，儿子媳妇一家三口离开，则又颓馁了，直至无声。本就是个讷言的人，此时更沉闷，二人相对，她害怕又盼望动身启程，好在有年后的残局需要收拾，时间稍事热闹。将剩余的鱼肉鸡鸭腌制或者风干，量出五叔一人份的稻谷，担去电碾坊舂米，菜畦里点瓜种豆，再有春夏的衣物，一一取出摆好，免得翻找。终于到临行的前一日，与五叔一同上山，挖些新出的竹笋，带去上海。她做的钟点工，东家中有几户年头在八和十年之上，她也喜欢长做，彼此知道根底脾性，这新笋就是给他们的。

称五叔的是月娥的男人，家中总共兄弟六人，他行五。有点像越剧《祥林嫂》的贺老六，是山里的猎户。他家也真有一个老六，五叔的弟弟，就只这排末的二人有家室。婆婆是个强人，早年守寡，带六个小子，从四明山下来，参加进合作化的农业人口登记，田里收成虽薄瘠，总比没有的好。也因此，前面四个儿子都无婚配，举全家之力娶进两门，说好要给四个大伯送终。目下送走两个，还有两个。可能从小吃苦，寿都不长，拖累就有限，想起来真是可怜。走在山里，竹木蔽了天日，齐顶处，浮一层清光，光里有无数针尖，上下蹿跳。五叔的怨艾平息下来，她呢，也有了耐心，虽还是不说话，但四围的寂静将那一点气闷吸纳，就觉不着了。地下竹根盘结，一脚高一脚低的。自小走惯，脚底长眼睛，总能踩到路径。她娘家也是靠山吃山，家中人力单薄，总共两个兄弟，还死一个，拖毛竹让竹梢打了，没有创口，也不见血，人就像睡着了，还有笑意，晓得从此不必再苦，陡然轻松下来。那一年，方才十六岁。倘不是这样贫而且背运的家境，也不会跟了五叔，多少是图人家兄弟多，有阵势。她是家中最末的女儿，早知道就不生她了，所以是最叫人失望的。都说她笨，就没有读书，一字不识，更以为自己笨了。笨人往往有笨见识，在她就是生完一个儿子再不肯多生，无论养育还是做人，都让她有抵触似的，再则还有计划生育的政策呢！事实上，儿子顺利长成，读书，做工，娶妻生子，人并未受多大的辛苦。同年龄的人，大多生两个以上，卖两棵树交罚款便落上户口，她呢，既不后悔也不羡慕。这儿子至今三十多岁，从来没往山里进去一步，就也不知道自家的山林在哪一片，有意或者无意，规避着命运的覆辙。

五叔背着的手里掂一柄短把铁铲，停住脚步，蹲下身，铲头插进竹根，听得见一声脆响，起出来，就是一个笋尖，扔进她手上的竹篮。有一点记忆回来了，欣欣然，勃勃然的喜悦——包产到户，分地分林，田里是牛犁的吆喝，山上斧斫声声。眼看着林子稀了，却起来新房子，这一幢，那一幢，迎娶送嫁的鞭炮这边响，那边响。这一阵欢腾渐渐沉寂下去，次生林长起来，掩盖了房屋，村里的青壮陆续往外走，只余下老和幼。五叔这样的男人，若在上海，尚是风流倜傥，裤缝笔直，头上抹了发蜡，皮鞋锃亮，腋下夹着公文包，白日里的股市，晚上街心花园的舞场，都是他们的身影。但在乡下，完全是个老人了，外出打工少有人要。所以，这一家，就剩他一个闲人。总共一亩六分地，种和收只占一忽工夫。树林已经砍伐，次生的杂木不值钱；竹子呢，起先还有客商收购，后来货源多了，工地又流行金属脚手架，足迹便也疏淡，由着它疯长，开出花来，死一片，再生新竹，总之，自生自灭。那留下的人，正愁如何打发时间，就像说好了似的，四乡八野，共同兴起牌九和花筒。这种古老的博彩游戏，本以为绝种了，料不到又活过来，一旦上手就收不住。寄回家盖楼房的钱，送出去有十之八九。那一个旧历年，实在惨淡，眼泪和唠叨中过去半个正月。五叔看不明也道不出自己的苦衷，逼急了，就也要出去打工，托亲戚在上虞找了个保安的活计。有一日儿子去看老子，见一堆年轻保安中，夹个老的，犹显得形象枯萎，二话不说领回家，当月的工资都没结算。这一趟出门的好处是，戒断牌九的瘾头。长日漫漫，无人相伴，五叔越发木讷。好在，媳妇生了孙子，回家专司抚养。公媳单在一个屋檐下，有多种不便，就住在娘家，每月里亲家邀去，看看孙子，吃两盅黄酒。每跑一趟，离年关就近一趟，眼巴巴的，外出的人回来了，再一眨眼，又走散了。

竹林的沁甜空气里，心情舒缓下来，不那么焦虑了。月娥想到极远的终了，终了还是要回来的。上海的水真是吃不惯，一股子药味道；米也吃不惯，油性太大，一团团的——她吃惯籼米，糙和松；住行就更是艰苦，甚至危险。为要摊薄租金，越多人越好，一个亭子间可睡七八个。那种老房子，电管水管煤气管盘互交错，接无数灶眼与热水器，稍有破漏，便得酿成人命。说到交通，车水马龙，最不怕死的，数电动自行车，所以人人怕它，男的多半快递和外卖，女的，则是钟点工。然而，这样的急促紧张里，却潜在一种快乐。后面有车超她，她不让超，顶撞起来，嘈杂的机动声里，听见彼此激昂地相骂，不由惊讶自己的厉害不好惹。

二

车在公路上滑行，停靠频繁，开一回门，上来几个人。其中有约定的同行者，互相招呼，又要调座位，为了好说话。多半是女人，男人是没多少话的。难免生抱怨，乘汽车又不是做人，就算这一世在一起，下一世呢？女人们就嬉笑，还动手拉扯推搡，终于萝卜都落坑，汽车就也驶上国道，加速了。太阳这才出来，车仿佛走在金光里，意气风发。她们开始交换吃食：酱油肉、煎咸鱼、茶鸡蛋、鸡膀鸭膀，年饱还没过去，受欢迎的是几味素食：盐水煮笋、霉干菜夹馒头、碱水粽、虾皮拌榨菜……满车厢都是食物的咸香，茶水从保温瓶口晃出来，烫了手，尖声的笑和叫。男人们斜睨着，心里嫌她们猖狂，嘴上不敢吐一个字。过道那边两个学生仔样的小孩，缩起身子，流露出害怕的表情，她们偏要脸对脸喊，"阿弟阿弟"，将吃食塞进阿弟嘴里。司机从后视镜里看，嘟哝一句：老牛啃嫩草！汽车上高速，山矮下去，村村落落掉在脚底。出发时的兴头过去，困倦就上来了，渐渐垂下头，抵着膝上的提包，打起盹。车厢里忽然鸦雀无声，听得见发动机的轰鸣。两车相向，喇叭叫一声，隔着玻璃窗，仿佛很远的地方。

月娥第一份生意是替同乡人顶工。同乡人说男人要她回家，东家就要她找人。这年儿子结婚，小两口一同去杭州，一个做电工，一个做保洁，她就也想出去，应下这份差事。差事在上虞城里，一个鞋厂老板的四口之家。她专司带孩子，做饭和清洁另有一个阿姨，也是上虞本地人。老板与她儿子同年，已经有两个小孩，听小孩子喊她阿姨，就觉错了辈分。明知道"阿姨"不过是个称谓，好比单位里的工种，与年纪无关。这种伦理的概念等到了上海，不知觉中就淡化下来。那里，无论老少，一律喊她的姓，姓前加个"小"字，她倒没有什么不适，被这城市崇尚年轻的风气带着走了。小老板过着一种新派生活，冬夏二季不在家里过，而是住酒店客房。不止上虞城，底下的乡镇，都有五星级酒店了。开两间套房，小夫妻一套，小孩和阿姨一套。酒店里早餐是随便吃，中午晚上两顿，由烧饭阿姨到工厂食堂灶上做了送来。酒店里有中央空调，冬暖夏凉，照理很享福，她却有点苦闷，因为不是过日子之道，像是坐监。酒店里有多家临时住户——上虞的酒店，有一半是做本地人的生意，靠外地人是吃不饱的。早餐厅，大堂，走廊，电梯，常可遇见像她这样，带着东家孩子的女人，互相看几眼，就看熟了。有那种自来熟的性格，上前搭讪，先还是淡淡的，因听东家说过生意道上的险恶，守着保姆的本分。但实在熬不过寂寞，不免多说两句，竟就收获保姆业的许多内情，从而得知这一行实是有着相当广阔的空间。这一年做完，她也辞了工，过完春节，随另一个同乡人去到上海。所以，当她和前一个同乡人，也就是她的引路人，山不转水转地，在上海遇见，彼此都不觉得意外和惊奇。

绍兴一带的人多少有些两样,乡土观念极重,抑或是出于自傲,在外面帮佣,总是自己人一处,与其他籍贯的人疏离着。保姆介绍所的地方,她们是不去的,用工只在同乡人间互相介绍。分租房屋,休息日玩耍,也只和同乡人搭伴。公园里露天舞场上,三五人聚起,看多跳少的,就是她们。这一定和上海地方的历史有关系,绍兴和扬州是保姆社会的主流,前者大约是浙商来沪上自带,如家生子,有规矩;后者却是草根,犹能吃苦。也因此,殷实富户家族常是雇佣绍兴籍人。如今,这城市保姆的需求激增,进城求职人数也激增,从业队伍输入新成分:安徽、江西、河南、湖北……同时呢,苏北一带工业发展,扬州籍的保姆日益退出,几乎销匿踪迹。人事更替,时风变革,唯绍兴一支,依然在传统中,保持着行业的名节。

初到上海,月娥也是怯怯的,如不是同乡人的帮扶,未必能熬住。这地方不知道要比上虞大和乱多少,她又不识字,认路,找地方,领东家嘱咐,都凭死记。所以,抱定一条,绝不买菜。不会记账,还吃不了猜忌的闲话,她是个老实人,唯老实才更犟性,真叫人为难。当时并不觉得,过后她常常以为自己有福气,所遇都不是恶人,相反,多受照顾。来到上海第一个雇主,如今犹记得好处。四十岁上下的女人，生相十分轩朗，依她们乡下人说法，女人男相，但又不粗气，而是大方。高额宽颐，浓密的头发编成股，盘在顶上。其时，月娥未找到其他生意，女人就说做全天；然后才有第二家，让出半天；再有第三家，再让一半里的一半；一层层对切，最后只剩一周三次，各一小时，而且是早上六点到七点，晚睡的人第一觉没醒呢。一切从月娥方便赚钱计。女人单独住一套三室两厅，在临江高层公寓房里，早上，驾一辆宝马去到大户室，落市时开回来，专职炒股。听前任保姆，一个同乡人说，房子汽车都是股市上赚来的，赔进去的却有两套房子，一个男人，半个小孩——离婚给到男方，争得一周两次探视权，所以算是半个小孩。无论从生意，还是风水，都应有起有落，三十年河东，三十年河西，但女人的运势却一直向下。眼见她大房换小房，小车换大车——公共汽车，最后只能租房，却一直用着月娥一小时的工，倒是月娥自己不好意思赚了，提出不要工钱。女人说，这算什么？你们出来是做工，不是行善，或者就不要做了，还不够脚力的。女人租房独在另一区，从月娥所做的几家地方旁插出去。月娥更不好意思，说，自小家里人都嫌她背时背德，小弟弟被竹梢头劈死也是怪她，她要离开了，股市大概就会好起来，输出去的又赢回了。女人笑起来：这是国家宏观调控的事，老天帮不上忙的。临别还给出多一个月的工钱，算作遣散费。月娥不肯要，说是我自己不做，并不是你辞我。女人定要给，几十块钱推来推去，最后说出一句：我还没落魄呢！月娥才不敢不要。后来，回来看过一次，女人已经搬走，不知道去了哪里，从此再没见面。上海的人就是海里针，手一松就没有了。月娥在这城市邂逅过许多人，形貌难免模糊，但这一个却是清晰的，因为是事业的起头。如若不是如此这般起头，接下去也许会是另一个样子。另一个什么样子，更好或者不好？她不知道。可是，对如今的境遇，却是相当满意，常有庆幸之感。幸亏，幸亏走出来，看到大世界。倘若不是这一步，少赚钱不说，还错过多少风景，岂不可惜死！

像女人这样恩厚的人，无疑是不能忘记，另有一些面孔，则是以奇异性留下较为深刻的印象。比如有一户人家，成员有父亲，母亲，女儿——她称小姐，事情至此还都正常，紧接着就开始偏离了，那就是第四个人，她私下称"女婿"，除此还能称什么呢？"女婿"他时走时来，像常客又像稀客，年纪几近岳丈，她并没听见他们彼此称谓。事实上，"女婿"也不与岳家说话，只和小姐交道，而且同处一室。以常情而言，两人十分不配，方才说的年龄倒不是主要的，老夫少妻自古就有，但"女婿"的生相在月娥看来十分可憎，矮，胖，面黄无须，眉宇间有一股杀气，小姐却是新出的嫩芽似的。他们说着一种唯二人懂的语言，更可能是外国语。月娥判断"女婿"来自外国，同时，还判断出这一家人由"女婿"供吃喝，否则，怎么解释三口人均不做事，在家坐吃？就算有养老金，恐怕连房子的物业费都不够付，月娥知道这城市养老金的菲薄。这份工作在戛然间结束，没有任何预兆，发这月工资就说下月不做了，理由是小姐要出国。来不及回过神，就少去一份工。晚上，回到几个同乡人合租的阁楼，议论间，都撺掇去追索多一个月的工资。按惯例，雇佣双方，至少要提前半个月告诉，寻人或者寻工。于是，便气昂昂的。睡一觉起来，决定算了，虽说是自己的名分账，一旦开口总有乞讨的意思。她硬气地想，乡下人穷是穷，总归靠自己，不像他们，靠别人家，还是外国人！只是到下半天，本来要上班——到底是新时代，即便是传统的绍兴保姆，也将帮佣说成上班——下午上班时间，陡然清闲下来，觉得又怄气又肉痛，肉痛半天时间白白过去。她们抛家弃口，出租金住鸽棚大小的地方，不就为了赚钱？没有赚等于赔。同乡人和其他东家都答应替她找新生意，可她等不及了，自己到最近一处保姆介绍所问工。头一回进这样的地方，进去就觉得不对。门口一方地面，摆几张凳子，坐着几个女人，木鸡的表情，脚边放着行李包裹，显然刚下车船，多是未做过的，所以挑剩下来。里面还有一进，一半大小，立一张麻将桌，桌上摆开牌局。介绍所的老板娘，兼营棋牌室，在边上倒茶水，一眼看见她，迎出来，就不好再退出了。

以老板娘，这行里的明眼人看来，月娥就是利好消息。果然，立即问到一份工，驻沪的台湾人，要的正是下午到晚上。按地址找去，也是高档楼盘，经保安盘问与电话，再用门卡刷开电梯，上到高层，已经有人候在走道。一个女人，刚要称小姐，却见身后跟一小孩，叫女人"奶奶"，就收住口。奶奶领她进门，一边看房子，一边交代工作——先到附近小学校接孙子，孙子读一年级，一直仰头看她，还伸手拉她的包带，仿佛是喜欢她的；带回孙子，安顿做功课；然后打扫卫生，烧晚饭。讲解晚饭费了工夫，奶奶亲自动手教她做一种"揪片"的面食。奶奶说的是普通话，且和普通话有所不同，"揪片"这两个字就是奇怪的发音。其实类似面疙瘩，和好的面，搓成细长条，然后用手指尖掐下一片一片，和胡萝卜片、蘑菇片、山药片，牛蒡片，下在锅里，锅开盛起，加油盐醋胡椒。这一日就吃"揪片"，月娥谈不上喜欢，也谈不上不喜欢，顾虑在另外的事情，洗碗时候归纳成三条。第一条，教小孩功课，她偏是不识字的，又不好意思说；第二条，奶奶说话听起来吃力，交流困难；第三是橱柜做在高处，踮脚翘首方可够及。晚饭时，儿子媳妇回来，她发现这家人，包括奶奶，身量都高。所以，样样设施，水斗、灶台、吊橱，都要高于通常尺寸。盘碗又重，尽全力托起来，送进去，失手是迟早的事。决定不做，又有不舍，因这家人不错，不把她当下人待。倒不是多么热切，恰恰相反，是平淡的，仿佛在他家已经很久，一个亲戚。她想着同乡人嘴巴里的台湾人，常是刻薄和挑剔，就觉得并非全部，也相信好人就能遇到好人。然而，方才归纳的三条又涌上心头，不由得一沉。

　　同乡人聒噪一夜，都是不做的意思，她就也下决心辞工。不想下一日的一件事，却阻住了。前一日熨好的一件男式衬衫，那儿子没有穿，因为袖子上压扁，成一条线。奶奶教她用小熨斗伸进袖筒，周转着熨，线就消失了。她学了本事，也听懂奶奶的话，辞工的三条理由方才少去一条，很快又增一条，那就是他们听不懂她的话,但并没有解雇的意思,于是,又挨过一日。是不是窥出她不识字,再没提教小孩功课,心事略放下些。可当日晚上,奶奶竟发来一条手机短信,所以,还是当她识字,识字这桩事可说她最痛处。再不犹豫,跑到介绍所,辞工了。过后,老板娘打来几次电话,说那家人请她再去。她克服了心软,坚决推掉。这一次短暂的应工,在介绍所留下记录,使她事业获得突破性进展,那就是她开始接到台湾人的生意,不仅工资高于本地,还领教见识和技能,就像熨衬衫这一类的。

三

长途车中午在服务站停十五分钟,众人上厕所,司机下车抽一支烟,继续路程。楼房与街道从高架底下过去,霓虹灯招牌,玻璃幕墙,几乎擦肩盖顶。城市的分布变得稠密,而且座座繁华,城和城之间,农田被沟渠道路切割成小块小块,结着霜,蒙着一点晨光,就像破了口子,显得凋敝。有人蹲在塘边,凝神看水,大约是看夜里放下的鱼篓有无收获。高速路将人和事都推远推小,变得很假,小时候过年去看社戏,临水的台子上，亮灯里面的活动，就是这样。她想不起演的什么，都是在嬉闹中度过，调皮的撑船郎用桨顶她们的船帮，左右摇晃，她们就尖起嗓子叫骂。日子其实苦得很，吃也吃不饱，和爹娘吵半年也吵不了一件新棉袄。少不更事，却也穷开心。

车在向上海驶近，已经看得见高楼，又绕开去，就像她们那里人说的，"看山跑死马"。车在高速路上盘旋，进去又出来，大概是她们自己不识路，又被绕迷了。时间到下午三点，天气变得燥热，空调车厢虽是密封的，风尘不得进来，但干燥生起的静电，到处都是，略一触碰便吱啦吱啦的，口鼻生烟，头发支棱着，用手扒几下，指甲就长了倒刺。都有些不耐，恨不能一步跨进门，先洗一把脸，再弄晚饭吃，明天一早就要上班。她们可都是忙人！高架上的车行聚集起来，万箭齐发的态势，显现出节后回程的高峰。太阳高悬，也无云，天色却是灰白，尾气积成的霾，浮在半空，有重量似的。车里人都醒着，又都毕静，看窗外齐驾并行的车辆。上海到了，车在楼宇间盘桓，窗格子蜂窝一般，里面都是人家。月娥她们气馁下来，在乡下迫不及待要回到的地方忽变得意趣寥然，新一年的开头，和旧一年有甚两样呢？依然是奔波在一家和一家之间，一个灶间到一个灶间。这些公寓里的灶间彼此相似,水管分饮用与非饮用;砧板分生食与熟食,拖鞋分内和外。要说区别,还是在人。她们一般喜欢年轻夫妇家庭,因日里没人在家,多一般自由,凡有老人的不免就受拘束,时时被监视着。这一点,月娥倒不尽同意,东家一日不在还好,两日、三日,就会心慌,仿佛误入无人之境,又仿佛被忘记有她这么一个人,不知道东家要她还是不要她做。空旷的公寓里,令她害怕的安静,主卧房的双人床,隐着不可示人的私密,男女主人和孩子从照片上看她,笑和不笑都有一种悚然。吸尘器的轰鸣固然驱散岑寂,但同时却心惊肉跳,马上就要闯祸的样子。她快着手脚做完,换上鞋,拎着垃圾出得门去,关门的一瞬,眼睛通过门厅、走廊,直到房间深处,马上会出来一个人,对她说:有没有搞错!心别别跳着,砰一声锁落下,转身跑了。

换一个环境,月娥又觉出无人的好处。晚上八点有一份工,是在公司做清洁。这家公司的写字间占一整层楼顶,员工下班走完,办公格子里空下来,一行行擦拭和除尘,走到外缘,就看见四面玻璃窗外的灯光。白日里黯淡的蜂眼都放出光来,将巨大的立方体通透。她不禁停下手里的活,往外看一眼。底下的街道阡陌纵横，跑着一串串的车。她站得多么高啊，简直要登天了。结束写字间的打扫，这一天的工作才算结束，就是说，她下班了。乘电梯下楼，五到一层是商场，她们从楼的背面，员工专用通道进出，这让她有点骄傲，因是这大楼的主人的身份。从车库推出电动自行车，骑上去，这时候，她就成了那阡陌里一串亮中的一个。她骑得风快，路口的红灯分明亮着，但见左右无人，一径冲过去。这城市的人与车最拿电动车无可奈何，快车道慢车道人行道都可畅通无阻，说是违法，可是法不责众，谁让他们人多呢！从灯光煌煌的大马路转向小街，进入一条背巷，放慢速度，她到家了。

做钟点工最大的难项是住处，月娥在上海不知道换过多少地方，和不同的同乡人合租。曾经有一个小区，物业联合居委，将地下室辟出来，做钟点工住处，电视台还播放过，称为惠民工程。有一个同乡人邀她去看，条件是必须本小区雇主才可入住，同时呢，租金要比她们合租更贵。她们是多么好将就的人，能多一个同住人就多一个同住人，都要挤出油了，所以自称"油条"。除了合租，陪老人同住也是办法。这城市有的是独居老人，机会还是蛮多的，问题是老人的性格，倘是乖戾的就不好相处了，而老人多半是乖戾的。她曾经在一个老太屋里住过,老太有翻她东西的习惯。她其实并没什么翻不得的东西,翻就翻吧!她将钱、存折、雇主家的钥匙,收在随身包里,睡觉则垫在枕下,倒没有过闪失。让她生怯的是另一件事,老太夜里睡不着觉,常常一个人起来,在房间里踅过来,踅过去,嘴里喃喃自语。有时立在她床前,一睁眼,魂魄都出窍了。好歹住一年,正好有同乡人回老家,空出一个床位,她就搬了出去。心里觉得挺对不住的,过后还回去看老太,老太坐在轮椅里,被一个长相凶悍的安徽保姆大声呵斥,已经不认得她了。月娥有所释然,不那么愧疚,但却觉出做人的悲凉,心情低落很长时间。

她将电动车推进灶间,走上一截楼梯,楼梯两边以及上方,堆着挂着废而不舍的杂物,中间留出一条窄道,只可供一人通行。亭子间的门开着,灯光照到楼梯口,给她留着亮。爷爷还没睡,坐在床上被窝里看电视。床对面是她睡的沙发,蹲着"爹一只娘一只",眼睛也对着电视,仿佛看得懂。"爹一只娘一只"是月娥叫出来的名字,它通身雪白,唯耳朵一黑一白。见她进来,两位都移开视线,爷爷问外面冷不冷,那畜类也像是有话,最终没有说出来。下去烧水洗了手脚,再上来,爷爷已经睡着,"爹一只娘一只"则让出她的床铺,跳到方桌下面。她看一会儿电视，电视里有一列美女，娇笑着相亲，又像真又像假。看一会儿，操起遥控器，摁一下，屏幕黑了，遂关灯躺下，一天结束了。

爷爷的住处是同乡人让给月娥的，同乡人喜欢热闹，宁可去和人挤着。后来，爷爷信任她了，才告诉其中的隐情。这名同乡人手脚不大干净，爷爷说，时不时发现少东西，以为记性不好，直到有一次，当场看见一双皮手套装进包里，才明白自己是真少东西了。两人都没明说，爷爷是有修养的人，算清工钱，还拜托找个人替她，找的人就是月娥。听到这件事，月娥没有发表意见，她不能说同乡人坏话，也不好说爷爷看错，心里觉得有几分像。这名同乡人与月娥娘家村相邻，自小就有传说，祭祖的时候，凡她经过，都会少供品。明明看她捯着两只手，并没有裹带，可就是少了，面蒸的牛羊马，点了红胭脂的糕团，鸡膀鸭膀，最大的一项，也不知是真是假，供桌上的全鹅，眨眼不见踪迹。她的一双手也很奇，罩着烛火，叫它灭就灭，叫它旺就旺。乡下人都是有神论，热衷灵异事物，传她投胎路经奈何桥，没有喝孟婆汤，所以前世今生贯通，若不是新社会破除迷信，就可操关亡婆一类营生，专给阴阳界传消息。到了上海，人烟稠密，阳气太盛，久而久之，功夫就破了。月娥却亲身经历过她一件奇迹,那是几年前,一伙同乡人去舞场跳舞。舞场设在菜市场房顶搭出的披屋里,名叫"威尼斯",男客五元一人,女客免票。舞场里有几位师父,多是六十七十的上海人,会跳各种社交舞,以小时计学费,饮料吃食另点。她们几个合请一位师父,轮流学跳。舞场里灯光昏暗,人事混杂,是有些乱。她们将衣服和包堆在一张椅上,团团围住,一人跳,众人看,就万无一失。临到回去,纷纷取自己的东西,月娥已经摸到包了,那同乡人却偏要传一下,这一传,手上一轻,仿佛重量飞走了。当时并不觉得,头脑蒙蒙的,耳边是锵锵的音乐声,灯又灭掉一批,伸手不见五指,脚跟脚走出,站在马路上,月光清明,人渐渐醒过来,想不起什么,就这么回到住处。隔日发现,包里的钱夹没有了。月娥虽不信鬼神,却也没有其他凭证,只认定舞场是个危险的地方,从此再不去了。

四

天色未明,手机在枕下震动起来。蹑着手脚起身,爷爷和猫都在酣睡中。下去楼梯,因为黑,还是踢着一个大火油箱,"哐"一声。这幢老式弄堂房子,三层楼里住有六七户人家,如今除爷爷一个,其他都分租出去,割据得更零碎了。走到灶间,后门一响,进来两个小姑娘,踩着高跟鞋,笃笃地上楼。这时候下班,妆容又浓艳,猜得出做什么生计,月娥只当不知道。一边梳洗,一边烧饭,她自己只需一锅泡饭,但要为爷爷准备三餐。米淘好浸在电饭煲,砂锅挖出一碗红烧肉放进蒸格,到时候一插电源就可。又开火炒一碗青菜,一碗豆腐。她知道是简单了,但周日这天休息,她自己买菜烧一桌,算作补充。爷爷女儿的突击检查,却总是跳过这一天,放在平时,所以就有不满,说,供住宿水电煤,再加每月两百元工资,原来是这样的服务!邻居多事,搬嘴给月娥听。等女儿下次来,又正巧碰面,她就放出二百元钱,意思不要了。爷爷的女儿捡起来,扔回去,她再扔回来。这样掼来掼去,不像是主雇,倒仿佛一对负气的姊妹,计较赡养父亲,谁付出多,谁付出少。月娥知道爷爷女儿是爽快人,说话不托下巴,并没有恶意,有时候开车带父亲去东方明珠或者浦东农家乐,强要她也去,还给她化妆梳头。上年儿子结婚,也请她吃喜酒。月娥交了三百元礼金,也是这么掼过来掼过去,直掼到她转身要走,方才收下。这女儿心里其实有数,月娥对父亲比前几任保姆都仔细,两人也投缘,省她许多操劳。然而,即便本分如月娥,也会有不服规矩,大胆冒犯的行为,是她想不到的。所谓百密一疏,这一疏还相当严重,那就是"爹一只娘一只"的去留问题。

爷爷过敏性体质,皮肤上表现在湿症,呼吸道是哮喘,消化系统则是"预激综合征"。这几样都很麻烦,按中医理论是忌口,凡是发物都不能沾,所谓发物范围又极广,牛羊鸡、鱼虾蟹、葱蒜韭、秋后的茄子、初春的香椿,连料酒都算在内的;西医则是断绝过敏源,花粉、鸭绒、漆水、宠物。月娥的这一只,是弄堂里的流浪猫下的崽,拳头大就抱回来,等爷爷的女儿发现,已经是畜类里的少年,身体长大,毛色雪白,一只白耳朵,一只黑耳朵。女儿不禁吓一跳,即刻下令送走。月娥嘴上应着,以为这一回也像以前无数回的争端,最后不了了之。女儿下一回来,只见那东西又长大一圈,"嗖"地从脚下蹿过去,如一道白光,光里有一点黑,就是那耳朵。这一惊非同小可,猫的危险在其次,更重要的是老实的月娥竟敢不从,忒胆大了!气急交加,叫嚷起来,问月娥是人走还是猫走。月娥不会吵架,性子却犟,转身收拾行李铺盖。爷爷打圆场,被女儿指着鼻子威吓:你要发喘,再没人管!爷爷就跳脚。说话间,月娥已跑到楼下，后门口围一众人听动静，其中有磨刀剪的河南人，站出来说，猫可以交他养！爷爷的女儿本不想让月娥走，趁此正好下台阶，同意河南人的建议。无奈月娥抱着"爹一只娘一只"，就是不松手。来回夺几次，两人眼泪都下来了。一个说：人要紧还是猫要紧；另一个说：河南人不是真心养，而是杀了吃肉！河南人则提出可付钱，十块钱。月娥啐道：放屁！爷爷女儿说：人家诚心要！月娥说：就不给他！爷爷女儿说：你要给谁？话音都软下来，有了松动。最后，女儿说：我要找到养猫的人家，你不能不给！松了手，"爹一只娘一只"刺溜蹿下地，河南人收起钱，悻悻走开，人就散了。

隔一日，爷爷的女儿果真带人来了，一对中年夫妻，面相和善，说话也很懂理。专挑周日月娥休息时间，为的是让她看看领养人家。月娥挑不出一点不是，沉默着看"爹一只娘一只"装进纸板箱，纸板箱里没有一点挣扎和叫唤。月娥不由惘然，骂一声：没良心！也不送，关上房门，很决绝的样子。这一天过得落寞，她不说话，爷爷就也不说话，生怕惹着她，走路动作都轻着手脚。三餐完毕，睡前照常看电视，身边空出一块地方，温度都不一样了。早早上床，闭上眼睛睡觉。夜里醒来，窗外路灯映在窗帘上，以为是一张猫脸，一惊，复又睡去。

平静过了几日，忽一天下班回来，沙发床上蹲了白亮亮一尊佛似的，再一看，就不相信自己的眼睛，原来是"爹一只娘一只"。月娥又悲又喜，还害怕，怕爷爷的女儿追过来再捉了去。问爷爷怎么回事，爷爷急表功地告诉，今天一早，她方出门，那领养人家的女人就来了，提着纸板箱，说"爹一只娘一只"到得他们家，不吃不喝，百般的哄劝亦无效果，想想不行，要出人命——说到此处，爷爷自觉不妥，顿一顿，改成"性命"二字，再说下去——要死在他们家，算是犯杀生的天条！原来夫妇二人信佛，于是便送回来。爷爷说，已经给它喂下一杯牛奶，半碗菜泡饭。这畜类自小随他们吃喝起居，有些像人的饮食。爷爷的表情带着讨好，透露出自己并没有容不下的意思，怪只怪身体，不由他做主。月娥抱一抱"爹一只娘一只"，瘦脱有一层，毛色也暗淡了，于是打来温水给它洗澡。沐浴产品倒是名牌，雇主家清理过期物质，挑拣出来的。爷爷见月娥高兴，就说，实在送不走，也只好留它下来，但一定要藏好了，不能让女儿晓得。月娥保证"爹一只娘一只"身上干净不染病，但是，爷爷你也要争气啊，千万不要生病！自此，月娥就时常在猫耳朵里絮叨：听见大妹妹上楼梯，火速钻进床底下！爷爷的女儿她是称"大妹妹"的，因底下还有一个兄弟，就是"小弟弟"。勿管猫它懂不懂人话，就只是反反复复，一遍，两遍，十遍，百遍。事实上，大妹妹再也没有发现这罪孽的踪迹。爷爷呢，也再没有大的发作，真的挺住了。他们三个，一并守住秘密，相处更加和睦。

在爷爷这里居住，有一些家的意思。隔两三星期，几个要好的同乡人各带了肉菜糕饼，来到拼凑一餐宴席。头两回，安顿爷爷先吃好，然后再开桌面，但那边厢投来羡慕的眼光，便试着发出邀请，话没落音，人已经坐进来。五六个乡下女人，带一个上海老头，挤在巴掌大的灶间，围一张八仙桌。桌上七盘八碗，还烫了黄酒，彼此一点不见外的。先前陪爷爷住，后来让给月娥的那一位，也在座，非但没有尴尬，而是像老熟人，说：给你介绍的人好不好？爷爷说：比你好！同乡人说：怎么谢我？爷爷说：谢你一杯酒！什么酒？老酒！什么老？莫佬佬！仿佛大人哄小孩，其实里面是有机锋的。绍兴人有师爷的传统，说话尖刻俏皮，爷爷呢，毕竟有阅历，晓得什么时候清楚，什么时候糊涂。

几杯酒下去，爷爷打开话匣子，说起了往事。老迈的爷爷，其实有着叱咤风云的日子。曾经做过厂长，管着手下几百人，生产的明胶，一种工业原料，都销到国外去过。所以，爷爷去过外国，和外国人谈生意。针尖对麦芒，进一步，退两步，绕着圈子，调头杀回去，眼看没胜算了，忽然间柳暗花明！爷爷说，外国人有两处软肋，一是认死理，二是没耐心，所以说呢，我们这边就不能动蛮力，而是用机关。打个比方，古代有养猴人，给猴吃枣，上午三粒，下午四粒，猴子嫌少，不愿意；养猴人就上午四粒，下午三粒，猴子仍然嫌少，不愿意；养猴人再回到上午三粒，下午四粒，猴子还是不愿意；于是，上午四粒，下午三粒，来往几番，又是上午三粒，下午四粒，猴子终于接受，这就是成语"朝三暮四"的出典。在座的也都被绕糊涂了，互相看看，说不出话来，爷爷仰面大笑。这才知道老头子的厉害，这破落不成样子的弄堂里，其实藏龙卧虎。爷爷拿出照片给她们看，照片上的人和眼面前的，依稀相似，却天壤之别。西装笔挺，头发油亮，左右前后的人，多有谀色。可惜已是昨日风光，照片中人，如今领社会最低保障金，属弱势群体，真是世事难料。正当年富力强，政策又好，爷爷辞去公职，回到自然人，盘下厂子，做了老板。顺风篷上，眼睛一径向前看，旁边的枝节就忽略了。先是原料涨价，后是同类产业竞相起来，市场饱和，再接着资金吃紧，最终陷入三角债，以"诈骗罪"被起诉。虽是虚刑，总归有了前科，这是从司法角度讲；生意道上，信誉是第一位的，失去了再难回来；第三，年纪不饶人。总之，爷爷退出江湖。好在，儿女在爷爷兴旺时各自开辟事业，现在，就到反哺的时节了。

五

日子一天一天过着，难免有一点变动。雇主中，台湾人服务的公司从大陆撤资，人员先后离开。因公寓剩余有两个月的租期，就容留她继续做，直至找到下一份工。她究竟不能将客气当福气，白享主顾的恩惠。走进空荡荡的公寓，开头还有些收拾整理的劳动，很快便无所事事。电话响起来，也不敢接听，怕是要求记下什么，她真恨父母不让她读书，落得个睁眼瞎。电话铃声兀自响着，四下回荡，就只有逃跑了。于是加紧寻工，找新雇主，不敢挑剔什么，半个月就应工了。此时，有长做的一户，女儿回娘家坐月子，一周三次需增到一周六次。她不怕吃苦，只嫌做少不嫌做多，只是要与另一户东家商量,下午换到上午,从上午的头尾各挤出一个钟点。这样,就更要早起。最后还是要请爷爷谅解,上一天晚上烧好下一天的菜,爷爷自己淘米烧饭。爷爷好说话,她也不会欺负老实人,周日格外加餐犒劳。同时,她还要晚睡。钟点工的生活就是这样,时不时会乱一下,洗牌似的错过来错过去,终于对齐。稳定一阵,又乱了,再洗牌,再对齐。中间媳妇来过电话,告公公有重入牌局的征兆。媳妇虽住娘家,但耳目灵通,又领了婆婆旨意,履监视的职责,但凡有风吹草动,便来吹风。免不了气和急,打电话回去,一番吵骂,越说越火大,在外对人家的好脾气全变成坏脾气,说到极处,落下眼泪。对方只是听,不回答,有几次以为电话没信号,"喂"一声,那边却应了,再继续话头。吵骂升到高潮,眼泪已经干了,这一轮的撒手锏是"哗"地挂断。等对方打回来,但手机静默着,一响不响,晓得对方是不敢。心想是不是再打回去,倒想饶了他似的,再讲了,该说的都说透,还说什么?于是收起手机,慢慢平静下来。有些可怜在家的人,可是,谁来可怜自己呢?那么吃苦,一分一厘赚来,攒起,带回家。草房子推倒,起楼房,上下总共十二间,本以为苦到头了,儿子倒又要在上虞城里买商品房。她自然要帮儿子,于是，再赚，再攒，再带回家。儿子也苦，跟了老板一会儿上东北，一会儿下海南，老板接单的工程在哪里，他就到哪里做水电。年轻夫妻分居两地，除做工的辛苦又有一般煎熬，所以说，他们一家都可怜。

这一些都是过日子的常态，平安就是福，总算，没有大事情发生，比如，像上一年，老娘中风。不得已告假回去，回去了老娘又不让走，就拖延下来。急得向老娘跳脚：从来是嫌我多的，现在又少不得我了！老娘骂她没良心，出疹子时候，几天几夜背着不放她落地，否则，她已经死得投胎去了！她说早投胎早出头，谁想活在这命里做人，不识字，多少难为情！老娘说：是我不让你识，还是自己识不得，这笔账要算不清楚，都能追到阴司间里讨债！于是就要倒回去几十年，细述头尾。老娘说是自己读书笨，被老师骂回来，再不肯去。月娥的记忆是，当年生下小弟弟，要她背弟弟不放她去。提到那小的，老娘高起声嚷：人已经死了，你还赖他！说到这里，两个人都哭了，一场争端方告结束。又拖过几日，她真要走了，上班呢！哀告的口气。"上班呢"几个字有一种庄严，也正是这几个字，老娘才变得器重她超过姐姐们。于是，老娘豁达起来：走吧！临行晚上，月娥听她在被子底下哭了半夜。她一走，老娘就要回儿子家，住在儿子家里是受约束的，何况得了这种病，送医及时，没有大的碍处，但手脚总归不大灵了。其实，女儿家也可以住，可是，乡下人都要面子，没儿子养最被人诟病。她已经死了一个儿子，留下的一个不收留她，差不多就是绝户了。这一耽搁就是十数天，雇主多半有耐心等她，只一户家有老人的，另外找了钟点工，晚上公司的清洁，事先让同乡人替她，总算没有中辍。爷爷这头困难些，但不肯换人，宁愿自己克服，那时还没有猫的事情发生，爷爷的女儿也容忍下来，保住了。相比那一年，前后的日子就称得上安稳和顺。

  每日天不亮出门，一个上午转两份人家，第二份包午饭。有时雇主不在家，她就自己找些冷剩热热。倘雇主在家，一张桌子上，吃的是新烧的饭菜，人家也很客气，她却吃不好，急着吃完撤离饭桌。有时会噎住，喉咙口勒紧，透不上气，主仆都着急，窘得很。下午是三份工，前两份各一个钟点，第三份就长了，吃过晚饭洗好锅碗才能走。这家人吃饭不在一个时辰，小的先吃，老的后吃，吃完了，年少的夫妇方才下班进门，于是，开始第三轮。她居中，和老的同吃，就在厨房里，倒自在些。为节约时间，分三次洗碗，浪费了洗洁精和自来水。那老的说过几回，不奏效，只得随她去，她心里有数,只是没奈何。终于完事,出来大楼,已经八点钟光景,再赶公司写字间。季节转换,气温上升,五、六两个月最好,到下半年,就是十月十一月好。冷暖适宜,风和雨细,身子是轻的,自己都想不到的灵活,在车阵中穿行,好像一条鱼。心里得意,得意在这城市里不陌生不胆怯。别看高楼林立,吓不怕她的。五一和端午,国定假日,东家问她,要双份工资还是休息,她总是回答:休息!原本她以为人的力气是用不完的,现在还知道这世上的钱是赚不完的。也有悭吝的东家,自动给了假,那就正好。

这一日,她们同乡人商量去野生动物园玩。早一批人去过,描绘十分惊险壮观,车在兽群里走,前后左右虎啸狼嗥。爷爷很想跟了去,月娥没同意,一是怕爷爷生病,二也是想有半日自由,要照应老的,总归玩不好。中午饭炖了猪蹄,红烧一条鱼,二三样时蔬,豆腐荠菜羹。爷爷却罢吃,只吃白饭。她把菜硬送进老人碗里边,心里好笑,"老小老小"。吃完饭,走出后门,不回头也知道爷爷从窗户里看她,不由心软,到底挺住了。地铁口汇集,刷卡进站,不时,便听见列车轰鸣,转眼间,闪电一般过来了。从窗口看得见有空座位,门一开,冲进去,已经被人抢占。五六人中只两个坐到,还是分开的。停一站,又占到一个,再停站,再占一个,终于全坐下,就要集拢一处。车厢里人看她们一伙喧哗和骚动,多露出不屑的表情,还有人讥诮说:下棋啊!她们才不管,大声说大声笑。假日里,这趟车一半以上是往野生动物园出游,一家数口,带着吃喝,小孩子的玩具,她们则是单个。有一点点思乡,又有一点点得意,因为独往独来,全凭自己,于是更加放肆。

她们都穿了簇新的衣服,红绿的颜色,半高跟皮鞋,头发上别一朵绢花,胭脂口红,做新娘子都没有这么鲜艳。那时候,其实没有打扮的心思,愁都愁不及,也不会穿衣梳头。紫花缎的棉袄,银灰毛料裤,高帮棉皮鞋,前刘海烫成一个鸟巢,坦克链的手表,就算是最时髦的了。看照片,照片上的人比现在还老气,木鸡似的。如今呢,尽管长了岁数,但比那时候敢穿,这城市里的人,都是没有年纪的。就这样,一群人,花团锦簇地,下车,上地面,汇进人流。野生动物园并不像去过的人所说热烈耸动,老虎们,散得很开,远远看见一头两头,豹子、狮子也是。大约见得多了,对汽车以及汽车里的人都缺乏兴趣,懒得瞧上一眼。月娥也没有预期的兴奋,比较电视上的"动物世界",实际情形平淡许多。但她还是有一点激动,因为视野开阔。天地那么大，四边没有遮挡，呼吸畅快得很。而且有一群羊，广播介绍叫作羚羊，很珍稀的物种，在她看起来，与普通的羊无大两样，使她想起家乡山里面的牲畜。羊群跟随汽车奔跑一段，从车厢两侧过去。羊蹄子离开地面，仿佛飞起来，这才知道这羊的不凡。车在散养区域走一遭约有一个钟点，到发车的地点下车，最主要的项目结束了。太阳已经偏西，她们在安全区的丘陵河塘，树木草地走一阵，占了一具石桌，围拢坐下，将带来的饮料糕饼瓜子拆包，开始吃点心。有年轻男女席地铺一张毛毯，或坐或卧，形容亲密，并不避人。为表示司空见惯，眼睛就不往他们去，只用余光扫一扫。坐大半个钟点，就收拾起身往园外走。搭乘地铁的队伍排了几个回环，等到上车，再周转，出站来，天已擦黑。商议一起吃饭，桂林米粉，沙县小吃，重庆鸡公煲，最后还是进一家菜馆，点几个炒菜，浓油赤酱的，下饭得很。账单上来，平摊到个人头上，所费就有限。这一日过得十分满足，分手时说好下一个节假日再玩，植物园，东方明珠，世纪公园，等等，等等，由她们自选。月娥与介绍爷爷家的同乡人有一段同路，同乡人很殷勤地要替她拎包，包已经到她手上，月娥停一下，没松手，拉回来，说：不麻烦！同乡人说：我是怕你累！月娥说：你也累。同乡人说：太客气了，你。月娥回答：家乡人，客气什么？同乡人就松开手，有些悻悻然。月娥又不忍了，说：下回再出来！一个转弯，一个直走，等看不见背影，月娥低头检查包里的物件，一样不少，放心下来，一径走回去。

月娥将出行描绘得很简略，爷爷的遗憾就好些了。告诉她大妹妹下午来过，没有看见"爹一只娘一只"，那畜类听到脚步声，往床底下一钻，虽然不会说话，肚子里都有数。月娥说：这一点倒像我。爷爷说：谁养的像谁，很快它就会踏电动车了！两个人一只猫坐着看一会儿电视，各自就寝。天气暖和，后弄里杂沓起来，有人家开了窗打麻将，骨牌敲在桌上啪啪的脆响。这些噪音并没有影响屋里的睡眠，梦中有一只羚羊，就一只，往车窗里探头，月娥一转脸，飞奔走了。

六

爷爷生病了，和过敏没有关系。这一日，起床落地，脚站不住了。月娥打电话给爷爷的女儿，女儿再打电话给120急救中心，120的车进不来后弄，在弄口徒劳地鸣叫，下来两个壮大的男人，提着担架。所谓担架就是一床带拎襻的单子，将爷爷裹在里面，两头一提。惶遽中，那畜生没藏好，来人险些踩着它。爷爷的女儿也许没看见，也许看见了顾不上，没说什么，跟着上了救护车。月娥下晚班去医院看望，爷爷已经住进病房，做过许多检查，精神倒不错。月娥收拾起换洗衣裤，问爷爷想吃什么，护士就进来催促关灯睡觉。月娥退出房门，一条走廊如白昼般的大放光明，却反加深了夜色。月娥敛着声息，心里忧愁，愁爷爷不知道害的什么病，也愁自己，预感生活又要起变化。

　　天气赤热，午后炎日里，电动车轮下的柏油路面，像是泥做的，柔软起伏。骑车人，尤其女性，都戴一种遮阳帽，蓝色塑料的帽舌头，压下来盖住脸，就是面罩。与此配套的还有一双套袖，白色尼龙纱，袖笼很宽，灌了风，飞起来，变成两翼翅膀。从滚烫的气浪走进公寓大楼，森凉扑面而来，汗倒下来了。再次出门，日头弱一点，身上不那么烤，略透气些。但等天全黑下，白日里收进去的热又尽悉释放。这城市的水泥、金属、玻璃、外墙的涂料，专会吸纳温度，到某种条件下再吐出去，竟比当时当地更汹猛。她去到医院，病房已经熄灯，爷爷还未睡着，压低声音说几句话，收拾起换下的衣服和吃空的碗罐,走出去。第二日再带着干净衣服,新烧的饭菜,送去医院。晨曦里的凉意,在医院门前的熙攘杂沓中迅速散尽,换来一种掺杂隔宿体味的混沌的热。衣服后背溻湿了,又在病房的空调中阴干。医院里的市面早,此时开始供早餐,她将饭盒汤罐交到爷爷手上,嘱咐如何加热,遂匆匆离开,去上第一份工。爷爷的脚能下地行走了,可爷爷的女儿却说检测的结果大不妙,需从长计议,这短时间建立起的新秩序也许又面临解体。

爷爷的儿女商量送父亲去养老院,说是商量,其实是大女儿的意思,小儿子一贯不做主的。她说,爷爷看起来是腿疾,根源却在肺里的肿瘤,从此必要全天候的服侍,月娥你,她看向月娥,我知道一个月至少赚七千到八千,我是用不起你的。因说的是实话,月娥便不好反驳,沉默着。爷爷的女儿继续说,这房子虽然小,不过一个亭子间,但地段好,出租至少两千,我倒想你来租,可你是租不动的!这一句又是实话,月娥依然沉默。好的养老院,一个月不下三千四千,护理费医疗费还要另算,你知道,她又看月娥,老头子没了公职,吃的是低保,最基础的,所以,就要靠这房子补——月娥就知道要卖房子。"爹一只娘一只"从床底下睁眼睛看，仿佛听得懂，爷爷的女儿甚至也看它一眼。她似乎把它这回事忘了，或者是，有更严重的事情发生了，其余统忽略不计。屋里两个人和一只猫岑寂着，各有各的心情，又同是一种疑惑，那就是，因为卖房子送爷爷进养老院呢，还是因为送养老院卖房子？是养老院归养老院，卖房子归卖房子，还是两样合一样，同出一理？上海这地方，房子是天大的道理，又是天大的理亏，爷爷的女儿受不了沉默的压迫，一顿足，走了。

爷爷出医院，每到星期天，女儿或儿子就开车带着去看养老院。爷爷都不满意，总归挑得出缺点，其实是不情愿。他对月娥说：儿女是要卖房子分钱！月娥不好接嘴，只说爷爷住到养老院，她会去看望。爷爷看养老院，她看房子。上班的雇主都在这一带，就不能往远处找，凡同乡人合租的住处，都十分逼仄，一个萝卜一个坑，拔出一个空一个，所以也是无功而返。爷爷回家养着，身体精神都健旺起来，比先前还胖了。有两个星期日，儿女没来带去看养老院，事情延宕下来，月娥寻找住处的急切也松缓了。这一年的酷暑在躁急与混乱中过去，秋爽降临，仿佛逃过一劫，人就变得乐观，凡事都往好处着想，爷爷也开心起来。就在这时节，事态骤变，爷爷的女儿忽带人看房子来了。接下去，便如刀切白菜，一连串地进行。签合同、交定金、房屋过户，养老院的通知也到了，原来，早已经登记排队，现在排到了。火速中，月娥硬在同乡人地方挤出一个床位，还是那个爷爷家的前任，她与她有前世的孽缘似的，摆不脱干系。十天半月光景，这房间就如打劫过似的，搬得半空，墙角里的蜘蛛网露出来，灰絮在地板上打滚，爷爷的脚又不能走了，走时坐一架轮椅，掉着眼泪，也不敢说什么，怕得罪儿女，终究是靠他们的。

　　早一天，月娥搬走自己的东西，一个箱子，一个蛇皮袋，一卷铺盖，还有"爹一只娘一只"。所谓挤一张床铺，其实就是一条通铺，左右让出一尺，放下一床被褥。好在天气趋凉，不怕挤，因多一人分摊租金，也都不嫌她，还很欢迎"爹一只娘一只"，可对付老鼠。这间房子是自建房，在一条夹弄里，房产商早已经圈下地皮，就等资金到位。四下里都在拆，残墙断壁包围，老鼠就从四面八方跑向这里栖身。"爹一只娘一只"其实不食鼠，但是物种属性决定，鼠类平靖许多，只是猫相有所改变，变得粗野，毛色也不匀了。月娥自己都顾不过来，新换地方，七八个人用一个水龙头，两具煤气灶眼，化粪池是业主私放的管道，马桶就常常堵塞，又或多或少有点欺生，什么都抢不到先，常常来不及梳洗就去上班。人和猫都变得邋遢，想到在爷爷那里的日子，称得上享福。然而，这样的变故并不是第一次，居住的窘迫也算不上之最，几个星期下来，月娥与同住人协调手脚，就像一块砖，砌进墙面。到底同乡人，论起来，有两个还是一个乡镇。一旦熟络，彼此就照应起来。生活渐渐从容，她和"爹一只娘一只"形貌也比较看得过去了。霜降时分，暴冷天，温度只到零，她们被叠被拥在一起，却是火烫火烫。黑了灯，说些东家的怪癖和秘事，保姆业流传的八卦，和她交情近的那位同乡人擅讲鬼神，听得人瑟瑟抖，又哈哈笑。快活中，月娥方才想起，还没有与爷爷通电话，说好要去看他的呢！

　　电话里，爷爷听到月娥的声音，又哭了。月娥不由鼻酸，决定下一个周日把人接出来过一天。她和同乡人说，这一天的午饭，由她出资，其他人帮助采买和烹煮，她要请一个客人。难免要被调笑，问她与老头子有什么计划？她就去扑打说话的人，那人就逃，两个人四双脚踩着被窝追逐，绊倒爬起，旁观者拍手助战，顿时开了锅。闹过了，月娥正色道：爷爷是可怜人，说三道四造孽的！人们安静下来，她却被自己的话触动了。她想，都说上海人有福，她所遇见却多是落魄，或是炒股票赔进家当，或是老和病，或者倒要让外国人来养，这世界的风水在转呢！

　　到说好的一天，她邀了有夙孽的同乡人一起去养老院，留下那几个办饭。这养老院远得很，好在新通地铁，否则就没办法去到了。总共转了三条线，出站又走十几分钟路程，方才看到挂牌。虽则路远偏僻，院落和楼房却轩朗整齐，阿姨也很亲热，一说名字，就引上楼进房间，她们倒是一惊。爷爷一身西装，雪白的衬衫领口，结一条紫红领带，和出国照片里一样。看见她们，并没有哭，而是带些倨傲的表情，就很有派头。来不及坐，给爷爷套上大衣围巾，戴一顶贝雷帽，推起轮椅，出门去了。一路有人与爷爷打招呼，很羡慕的样子，问回来不回来？又几时回来？爷爷不回答，只微微抬手挥一下，很像领导，她们则是护卫，赫赫然出到街上。天气很好，太阳暖烘烘的。这两个不免要问些衣食饱暖的话，爷爷的回答很简短，矜持得很。两人便交换眼色，意思是爷爷架子很足，也看得出养老院的日子还不错，至少不像先前以为那样叫人害怕。再上地铁，因要走无障碍电梯，转换进出就比来时费周折，走进她们住处的后弄，日头已到正中。推开门，只见灶间里摆了满满一桌吃喝，围坐着的同乡人不知事先约定还是临时起意，一同向爷爷鼓掌。爷爷撑不住了，红了眼眶。这一餐饭吃到下午三点，爷爷喝了酒，又将昔日的风云说一遍。座上人多从月娥嘴里听说过，但当面讲和背后讲到底不一样。爷爷说完，各人又说些乡下的趣闻。一个印染厂老板，造起一幢别墅，家中雇佣十几个男女佣人，其中两个女人，专门用抹布一块块地擦拭道路上鹅卵石；又有一个织机厂老板，为造私家园林，从江西地方移来千年大树，收费站只得拆掉路障，让其通行；第三个老板，有私人飞机，将几百亩山地刨平，做机场和跑道——这就有人不同意，政府有禁伐令，怎么能坏规矩。说故事的人不禁冷笑：人可以定规矩，也可以破规矩，只怕政府还要感谢老板解决就业，一拆一盖不都要用工？爷爷听得瞠目结舌。爷爷那个时代老早成旧皇历，人也是边缘人，不晓得世事翻新到什么程度，唯有叹息：上海人，上海人啊！在座就告诉爷爷：现在有一种人，叫作新上海人，很不得了的，那种最老的老洋房，带花园草坪的，都是新上海人买下来。爷爷说：你们都是新上海人！有嘴快的回应：馒头落到酱缸变酒，落到粪缸里生蛆，运势不一样。亦有人正色道：我们是乡下人，终究回家安老的！听这话，爷爷伤感起来：你们回家安老，我老了老了，倒要离家，住集体宿舍。一

43

众人纷纷安慰：我们现在就住集体宿舍，早住晚住而已！时间不早，要送爷爷回去，出门时，一条黄白影子忽扑到跟前，定睛看，原来是"爹一只娘一只"，有些变样，又伤感了："熟"透了！意思是见老了。月娥就说：猫本来就寿短，算起来，它的年纪比爷爷大！怕爷爷触景生情，不敢多停留，速速推上路，向地铁站去了。

七

新历年翻过，春节的忙碌就起来了。电视里，广播里，都在报启动春运的消息。车船码头开票预售进入倒计时。同乡人中的一个，东家有办法，在网上替她们买到长途票。动身的日子一天一天逼近了。有慷慨大方的雇主，包红包，买年货，悭吝些的也多少意思意思，送盒糕饼，买双鞋袜。月娥做清洁的公司今年盈利好，福利发到临时工，洗发水、沐浴露、毛巾肥皂。体恤她们一年在外，辛苦不易，添些行色，高兴富足地回家。临行前稍稍出了个岔子，最终也化险为夷，平安渡过。那天，月娥去银行，想转钱给儿子卡上，送进去五万的折子，回答说只有二万五，惊出一身冷汗。一同去的同乡人识几个字，仔细看几遍，果然只有二万五。这下子，月娥眼泪就下来了。她清清楚楚记得五万，还是爷爷带她去存的。可是爷爷在养老院，她只有去找爷爷的女儿。赶到女儿家中，正在吃饭，放下筷子就跟她走。爷爷的女儿坐在电动车后座，双手箍着月娥的腰，月娥感动地想：大妹妹人其实不坏，又有热心肠，就是爷爷的事上急了些。一路无阻，到了银行，大妹妹也不取号，直接进去找当班经理。那经理是个小姑娘，被来人的气势吓倒，说话就气短，第一回合月娥这边就占上风。待大妹妹说明来意，指出折子上的存入款记录，又有一个转出记录，请经理解释。小姑娘渐渐缓过神，细一考究，说这转出的二万五是买一种理财产品，于是转向月娥：阿姨，难道你忘记了吗？是你同意签字的。月娥既不懂什么理财产品，也没有签字的印象，再又不敢说自己不识字。小姑娘从电脑里敲出存档，月娥这才晓得已经进入到理财行列。钱是不会少她的，只暂时不可取出，要等三年，本息交付。倘若阿姨你，小姑娘说，现在退，也可以，只是为你可惜，利息没有了。月娥想了想，还是退钱牢靠，至于损失利息，她倒想得开，不是自己的钱总归不是自己的。大妹妹斥责他们银行私自将储户存款投入理财,都可起诉,小姑娘且一口咬定,本人知情。反过来是月娥劝大妹妹罢休,怪只怪她不识字,又听不懂话。

混乱着,就到旧历年尾,一众人收拾好行李,各有三五大包,七八小袋,月娥又格外多出一件,就是"爹一只娘一只",装进带盖竹篮,随她去乡下。年后不知道有无挪动,那房东早搬去新购的商品房,这一段过来得很勤,话里话外都是走人的意思,无非加价房租,或就真的要拆迁平地了。人本来是要遭罪的,让个畜类陪着,也是造孽。一大清早,拼坐两辆出租车,往长途车站去。她们已非当年,刚从乡下出来的新人,两手空空,攒下的每一分钱都捏得出油来。过年回家,夜半起身,肩上挑根扁担,硬是从长宁走到南站,去乘火车。乘的是慢车,一走一停。饭盒里盛了冷饭,免费的开水一冲,筷子一淘,囫囵吞下肚,连个茶叶蛋都不舍得买。老的殡葬,大的娶亲,小的读书,再加上房子,都是这么挤出来的。现在,她们可阔多了,地铁、公交,熟得很,出租车,偶尔也要坐一坐。她们不再搭乘慢车,换作豪华大巴,夏天空调,冬天暖气,一路过去,差不多到家门口。想不起什么时候,公路像一根鞭子,刷地劈开山崖树林,横在脚底,引得青壮都往外跑，不几年，村落就只余下老的和幼的。

　　下午二三时，大巴进到省际公路，同乡人络绎下车，有的直接进村，有的还需转一程，就有家中小辈候在站上，或开自驾车，或开摩托，把人接走。省道下面有县道，县下面有乡，乡下面还有村，甚至有一家一户独自修出路来。宁绍地方，自古有修桥积德的传统，现在是开路。开路不比造桥，需占田地山林，且是庄户人的衣食。话又说回来，谁还靠山吃山，靠水吃水呢？月娥的村子在最里面，所以这一伙里她是垫底，末一个到家。车厢里空廓许多，沉静下来。离开一年，只觉树木更杂芜，人家更稀少，错落几片屋顶，几被掩埋。男人五叔立在路边，手里扶一架自行车，身上换了新衣服，胡须剃得溜光，倒不似她以为的落拓。车门打开，先下行李，然后下人，自行车的前架后座，全负满东西，俩公姆一前一后往家里走。

　　五叔身上收拾得整齐，原是为迎接月娥回家，房子里纵是杂乱，也不好说什么了。总之，一进门，还没喝一口热水，就是归置和打扫。床上还铺着夏季的草席，蚊帐顶上布满昆虫的尸骸，为找新衣服穿，橱柜里翻江倒海，饭桌罩笼底下的剩菜不知多少天之前的，冰箱里黑洞洞。液化气灶眼让溢出来的粥饭糊死了。钢化汽罐倒是抬来一排，米也舂出来一满缸，鸡嗉子鼓鼓的，已经吃不动，地上撒的谷子被爪子踩进泥里，都是等人回家的架势。月娥手不停歇地洗涮擦拭，五叔跟在身后，也是忙。她让拿东，他却拿西，她支他远，他偏在近，即刻要用的再找不到，递到手上的都是无用。燃着的柴火拖到灶口，险些点着屋顶；洗衣机脱落管子，水淹了院子；抓到手的鸡强挣出来，待他去追，后衣襟却被狗咬住。月娥骂五叔笨，五叔就生气，凡事凡物都欺他，欺他孤单一人，无依无靠！忙和乱中，过日子的欢腾回来了，生分的男女也有了话说。天黑下来，电灯亮着，明晃晃的，白日里的肃杀气这时和缓下来。房屋大致妥帖，干净被窝铺上床，柴灶上的米饭喷香，液化气小火煨着鸡汤。月娥这才坐得下来，手里还剥着苋菜梗，填进腌坛子。五叔告诉年里头的安排，大年初一要请三伯四伯吃一餐，初二见亲家，初三呢，就有一件大事情，什么事情？其实她早已经知道，就是儿子的新房子装修完毕，年后搬进去，自然要喜庆一番，所以阖家去上虞城里吃酒。

月娥问，为什么不在家里办？五叔说，儿子定好酒席十二桌。月娥还是问：为什么不在家办？二十四桌也办得出来！五叔说，那也是家，儿子的家。月娥不出声了，眼前出现另一幅办宴宾客的图画，是这十二间楼房落成，请一名大厨，带两名小工，村里女人都来打下手。办的不是十二桌，也不是二十四桌，而是流水，从午间到晚上。油布篷撑起两顶，一顶办厨，一顶布席。木匠一桌，泥匠一桌，瓦匠一桌，儿子的同学老师一桌，亲戚几大桌，乡人几大桌，这都是称得上名目的，其余的就不计其数。鞭炮放了几十里地，回声阵阵，山壁间碰来撞去，久久不能散去。那时候山还没全打开，公路通不到家门前，可消息传得飞也似的，都晓得这里头有好事情，过来贺喜，讨一杯喜酒。月娥抬头打量，四角上的红绫子还没褪颜色，这房子已经空下来。封上坛口，烧一圈蜡，密闭了缝隙。站起身，剥下来的皮扫进簸箕，锅里的饭焦铲下，盛进竹篮，鸡汤熄火。冰箱插上电，打开便亮起灯，向里看看，炒的酱，杀好的鱼，蒸的馒头，从上海带来的一只蛋糕，分生熟冷冻，全归位了，这才关灯上楼。

　　从上海鸽子笼陡然来到乡下，房子大得无边际，到处都是空。月娥想，到老了还是要回来，什么时候才算老呢？以前她当是五十岁，后来做久了，就当六十岁，眼看过六十，身上还有力气，就又定作七十，就有十年的光景，那时恐怕真的做不动了。楼板新洗过，锃亮锃锃，闻得到木和漆的香味。楼梯转角专留出一扇窗，看得见后山上的竹子。这房子的款全照新式做，从萧山请来的设计师傅，留的窗多，每一扇都是一幅景。如今，这四围的景似乎都在逼过来，山啊，石啊，树啊，草啊，房子再大，也挡不住它们，眼看就要壅塞，合拢，密闭。

进房间上床，感觉到被褥的凉潮，是从地底下生出，穿过地板，再穿过楼板，升上来。她向身边人移了移，借些热力，脑子里有许多事情要想，可这一日，实在太过疲乏，撑不住。滑下去，伸直腿，忽觉被上有什么软软的压着，原来是"爹一只娘一只"。它倒会找地方，仿佛不是初到，熟门熟路的。心里一安，踏实下来，即刻入睡了。

2016年元月25日　纽约

红豆生南国

一

　　身前身后都是指望他的人，依常伦排序，第一是他生母。

　　生恩和养恩孰轻孰重，难加分辨。论先后，没有生哪来养？论短长，生是一时，养却是一世。既无法衡量比较，便顺从现实，从来不提生家，一心侍奉养家。所谓养家，其实只阿姆一人。他从未见过养父，领过去时，只阿姆自己，阿爹卖猪仔去了菲律宾。那时节，人都是卖来卖去的，他的卖价是三百斤番薯丝，如今看来极贱，但阿姆骂他，是当价昂的说，意思花大钱沽他来，却不乖，又无用，可见是个赔钱货！他被骂惯了，时不时还会挨几下打，别的他不在心，唯独"三百番薯丝"这句，多少有些伤他，起来隔阂。虽然一上来就知道不是阿姆的小孩，也知晓即便自己的小孩，疼他也疼不过阿姆这样，但这一句，让他成了劳力，猪仔似的。六岁那年，阿姆决定去菲律宾找阿爹，与一伙同乡人付出一笔钱，夜里上一条大木船，登船时又被为难一番，嫌他太大，不是阿姆说的四岁，要加价。阿姆心疼钱，就骂他吃得多，长得快，三百番薯丝再提一遍。途中起风浪，木船几乎摇散，他被几个大人压在底下，听见阿姆变了腔的叫喊，应不出声。阿姆吵得太凶，受人呵斥，一艘巡逻艇突突开过去，借了灯亮，他和阿姆一上一下看见，都是惊恐失神的眼睛，仿佛分离有万万年，彼此换了物类却还认得出。

大木船登岸香港岛，一边找工做，一边打听阿爹消息，是一段极苦的日子。在新填地街租下半间屋，说是屋，其实是替人看档，夜里拉下卷帘门，铁皮柜上铺开席枕；天白卷帘门拉上去，便卷起铺盖，将柜里的干鲜货摆上柜面，大人小孩各自走开。阿姆到后面码头打杂，他则上学读书。一日里只晚饭起炊，就在路边露天点一个火油炉，下一锅面线，母子俩吃一顿热食。那两餐都是混，倒也不曾挨饿。因这条街多是水果档，垂手可拾，刀尖剜去烂眼，余下一角填肚腹。也因此，成年以后他不爱吃水果，果肉里总有一股腐味似的。街对面是一间戏院，专演粤剧，小孩子们常溜进去玩。倘有戏班驻场,守门人没看牢,便潜进后台。那一挂挂戏服,一顶顶头面,妆台上的镜子交相辉映,架上的刀枪,红绿缨子,空气里有一股粉香,好像天上人间。曾经从广州过来剧团,红线女头牌,天不亮就排队购票,一人只得四张。他们这伙小孩子代人占位,一个位换一角币。天热,卷帘门里,一夜睡过去,一身痱子,他们本来就睡马路。占位的收入,集起来替阿姆买一张票。那一天,阿姆早早从码头回来,煮了面线,吃毕后洗澡洗头,穿一身香云纱衣裤,摇一柄蒲扇,扇面洒几滴花露水,过到街对面,堂堂正正走进大门,看戏去了。剧团的团长是个北佬,叫他们"小鬼",广东话里不是好话,但内地那边过来的,尤其官场上的人,有些君临天下的气派,所以就还是欢喜的。

都是苦惯的人,他又年纪小,不解事,就受得住煎熬。不知不觉间,他们从货档里搬出来,搬进一间正经屋子;又不知不觉间,阿姆自己开起一小间货档,打老鼠会得的本钱。这时候,他也大了,十二三岁的人,个头长过阿姆,穿了白衣白裤的校服,头发斜分、梳齐,骑一架自行车,游龙般出了街巷。先给食档送菜,然后上学,下学后再送一轮。这一轮就带有馈赠的性质,即将过夜废弃的菜,不如做人情。阿姆少骂他许多，再不提三百番薯丝的话，预见到将要靠他。菲律宾那边的人，一是无音信，二是不指望，香港是唐人的地方，阿姆和他已经住惯了。

他上的是一间爱国学校，师生中有激进分子。左翼思想往往培养文艺气质，因二者都有空想的成分。具体到他，困窘的现实里，更需要开辟出另一个空间，存放截然相反的储藏，就像新填地街对面的剧院，舞台灯光里的男女丽人，上演一出出戏文。说是古事，可谁又真知道，总归和今日不同，凡不同的事物，都推到古远，三皇五帝就是至仁至德。所以，他自小往文艺青年的方向走，喜欢读书。学校邻近，专有一间书铺，租售现代文学作品。鲁迅的文章对少年人显得过于严苛；刘呐鸥一派的都会小说，在社会底层的人生又忒奢华；批判现实主义，比如茅盾的《子夜》，一方面，和前者同样，声色犬马，另方面，却有一个坚硬的壁垒，即资本主义运作体系，中学生的认识难以攻破，令他生惧，于是便退回来；巴金的《家》《春》《秋》，是他喜欢的，虽然也是离他的生活远，但因有着常情被他理解并感动，然而那皇皇巨作，众多的人物，繁复的情节，社会各阶层样貌，几乎是先天的存在，非人力所创造！所以，他撷取作榜样和练习的，是戴望舒、徐志摩，还有林徽因

"桃花，那一树的嫣红，像是春说的一句话"——说到此，就要感谢五四新文学，开创有白话文的诗与散文，要不，少年人的心事往哪里安放呢？反过来说，正因为有了这些新辞，方才启动心事，否则，他们还不自知。这也就是启蒙的结果吧！

这样，他就在自习本上写下一行行句子，写海、远山、礁石般的一串离岛、天上的云——香港的天空，实在是很活跃的，氤氲集散，一忽儿推拥，一忽儿铺平，一忽儿成风，一忽儿化雨。心情也随着摇曳，一忽儿舒朗，一忽儿沉郁，一忽儿阴，一忽儿晴。文字多少是夸张的，偏离客观真实，加强主观性。他就变得多情善感，常在无人处独自出神，甚或流泪饮泣。临青春成长，一切感受格外尖锐。阿姆的粗鲁的爱折磨着他，吃不下的时候硬逼着吃；睡不着时强行关灯逼着睡；与同学争执，最常见不过了，阿姆却吵到同学家去；老师评语稍有差池，那就是全校耸动，校长都出面了。倘若不是"三百番薯丝"的前缘，他会与阿姆闹翻，现在，因有这项自知，便压制下来。受恩其实是屈抑的，但这屈抑帮了他，安然度过反抗期的危机。

如此的处境里，要他不去想念生父生母，也是不可能的。从"三百番薯丝"的卖价推认，一定是极贫寒的人家，否则不至于沽儿鬻女，所以心中并无怨艾，只好奇他们是怎样的人性，如何喜怒形状？想必不会是阿姆这样的强人，而是软弱认命的；他的兄弟姐妹——他无疑是有兄弟姐妹，否则不会养不下他，倘是有他们，就不会像如今的孤单，看街坊多子女的人家，尤其是兄弟们，呼啸而过，呼啸而往，当然的，免不了要争食争衣，阿姆却从未让他受过饥寒。这么想，并非要将两家作比较，生和养如何比较？两项缺一项，就没有他。即便在最寂寞最苦闷时，他也不曾生出过厌世心，相反，还有些享受呢！所谓情何以堪，其实还不是有"情"才"何以堪"？一个有情人总归是庆幸出生于世的。文艺专是为培育有情人的。

其时，他的有情还未邂逅革命，处在漫生漫长状态，仿佛天地间皆是，又仿佛，是一个空洞。如果这样无目的的阶段再延后一个时日，恋爱就会充实他的滥情，可是男生普遍晚熟，看不见，甚至害怕，为了躲避还要绕道走。要过若干年，方才醒悟，然后勇进，这且是后话了。如今，他的知己是同性朋友，和情欲无关，而是同道的性质。这位同学少他一岁，因他晚读书一年。同学籍贯浙江慈溪，以乡土论，应是蒋系三民主义，可偏偏追崇毛的新民主革命。也爱读书，读的是哲学和政治，严复的《天演论》，梁启超的《少年中国说》，瞿秋白的《多余的话》，马克思的《共产党宣言》。同学的说话，他多半不懂，说的人自己也不全懂，但辞藻是华美的，共和国，放射光芒，仿佛海上生明月。两人都激动着，湿润的海风吹拂脸和身子，云一层一层垂下来，最顶上的一层，镀有金边，是落日的余晖，海鸥就在金边上下飞。离岛在暮色中忽隐忽现，忽起忽沉，天公顺手撒下的一串碎石，带着人家、稼穑、渔猎。渔火闪烁。再一会儿，云层与海平线合拢，满天星斗。演说结束，一片静谧，一个更宏大的华美笼罩下来。他们站起身，回家去了。

同学的父亲，在码头拆船厂做工，一口养活几口，家境甚至不如他，但有父有母，又有兄弟，气势就磅礴了。再说，五六十年代的香港，贫穷是常态。外头说香港势利场，其实是胼胝手足，打和拼。有一阵子，他近乎艳羡，看同学慷慨激昂。两人个头高矮一般，但那一个手脚比这一个粗壮，声气也是粗壮的，一双细目炯炯有神。而他，此时已戴上近视眼镜。视力，也是性格，使他行动反应都要迟缓一步。看同学大敞衣襟，任风吹起额发，张开双臂，像是迎接时代，又像时代迎他走来。

历史，大约在某种程度上，真是天地人感应。这一年，世界左翼力量忽然积累到临界点，这股力量来自冷战格局下意识形态对峙冲撞，大约还有发育期荷尔蒙水平激增的缘故。战后婴儿潮一代人，急躁地成长着正义的概念，理想主义各辟路径，每一个局部的孤立事件，先后成为逻辑链上的一环。刺杀肯尼迪，古巴革命，切·格瓦拉，中国大陆"文化革命"，巴黎五月风暴，香港反英抗暴——文艺青年终于遭遇激进政治，那段日子，即便日后付出代价不小，回想起来依旧心旌激荡。罢课，游行，集会，冲击港督府，印刻传单——他写了多少文字啊！原先的风轻云淡忽就变得炙热。他觉得正在靠近他的同学，同学的思想变得容易理解，更要紧的是，能量。原先他总是跟不上，就像一个气短的人，现在，他踩在同学的脚窝里。甚至，他开始，逐渐地，能言善辩。笔尖更加流畅，一向的短句延为长篇累牍，总也收不住，收不住。他的文章被校外的报刊采用，迅速传播。他来不及将草稿上的文字刻到蜡纸上，就有一名女生自报做誊抄公。晚上，教室里，他写文章，她刻钢板，同学呢，推油印滚筒，同时向他们输送思想。这思想在递进，向着远大的目标，他险些又要跟不上了。女生的娟秀的字，刻在钢板上变得棱角分明，英气勃发，使他的文章增添战斗力。他们这三人行组，成为学校运动的核心层，当风潮平息，运动解体，三人行还延续着，结局却出乎所有人意料。

二男一女的组成结构，多半是一对一加一，就是说，一对恋人加一个无关的人，这个人常被称作"电灯泡"。羞怯的少年爱恋，"电灯泡"的存在很重要，不只作用于假象，有利舆论，更可缓解单独相向的窘迫。所以，这一个多余的人又是必要的人，被双方拉拢，成为三人行的中心人物。时间进行，事态发展，倘若有一天，第四个人加盟，成为二对二，便水落石出，各归各位。然而，情窦初开，往往蒙昧不明，难免清浊混沌，生出错来。女生来自上海，香港社会阶层划分，地域的因素占一定比重，江浙沪甬先天有一种优势。这靠海吃海的一带，多是以劳力谋生计，并不因此为上下，但潜在的，多少划分出亲疏远近。这样，女生和同学在地缘上就是同类，智能上也旗鼓相当。他不至于自谦是蠢物，但是，千真万确，缺乏他们那样的光彩，声色照人。做他们的朋友，他很骄傲，也很感激，倘不是他们，接纳进三人行，就连目下这一点发挥也没有了。现在，他们的出行，变两人为三人。随在那两个身后，不是跟不上，而是自觉地退一步，看着他们的背影。同学的手臂张得更开，马上要飞起来。女生飞起来的是裙裾，还有齐肩的黑发。再加上海鸟，羽翼缭乱眼睛，热辣辣的。

有一晚，他们忘了时间，埋头在工作里。忽然，教室的门推开，阿姆进来了。他的心怦怦乱跳，不知道阿姆又会骂出什么不堪的言语。不曾想到，阿姆没有出声，目光扫视三人一遍，停一停，退出门去。那两个愕然相觑，他则埋下头，匆匆收拾起东西，来不及告辞一声，跟上阿姆。昏暗的星光下，阿姆快步走着，他不敢走前，又不敢落后，母子俩一前一后走过无人的街道，走进家，那小小的临街的一间屋。前面是阿姆的货摊，后面的余地相当局促，但还是隔给他三十呎，白天收起床铺，作书房，夜里放下，是卧室，他就有了个小世界。隔着板壁，听到阿姆上床，关灯，摇动蒲扇。他不敢出大气，心中惶惶的，听蒲扇越摇越慢，渐渐止息，一夜平安。早上起来，阿姆的脸色很平静，方才知道，事情过去了。要过些时候，阿姆方才对这一晚的印象发言，大大地惊他一跳。但事实证明阿姆的洞察力，超人一等。

这一段狂飙岁月，将他们闲暇时读的书，全用上了。法国大革命，俄国民粹运动，三民主义，五四新文学，中共"九评"，毛泽东"我的一张大字报"……不分先后排序，一股脑进入年轻头脑的思想，一股脑化作行动，冒失的，鲁勇的，一往无前，再一股脑闯下穷祸。可是，青春要不是这样的，便是虚度，就像没有长大就老了。历史很快完成一个循环的周期，犹如风暴袭来迅雷不及掩耳，转瞬间大潮退去。市面恢复秩序，港督政令顺达，学生们回到课堂上，继续学业，为弥补荒废的功课，比之前加倍克勤。当然，事情并非说完就完，法制社会必将体现威权。体恤他们学生，正当成熟和未成熟之间，不至于入监，但相应的处置是免不了的。运动积极分子中，同学受罚最重，开除学籍；女生虽被允许在读，但终究升学失利，上了一所两年制会计学校；他呢，学校迟迟不授予毕业证书，似乎犹豫着不知如何发送才好，从严心有不忍，从轻无法向上交代。所有在港的爱国学校均受到政府挤压，面临存亡大计，一时难以顾及，于是便搁置起来。

　　后来回想起来，这段日子颇有一番喜剧性，在当时可是煎熬。先是阿姆怕他出事，在阿姆的经验里，所谓出事，无非是想不开寻短见。因此，亦步亦趋，他走到哪，就跟到哪。凡高兴与不高兴，他都爱往海边去，这就更令人紧张，不敢离开眼睛。阿姆这样一个女人，从命运中练出来一派强悍，太不合这意境。她哪里管这些，跟着不说，还要喊他。他就想起幼年时偷渡的大木船上，被压在人底下，阿姆在上头踩来踩去地喊他，又辛酸又厌烦，还有一种滑稽。后来，他不出门了，日日将自己关在他的三十呎里，可是，很快就关不住了，因为阿姆要出门。出门去哪里？去学校！想不到会闹什么事，他又喊不住，只得跟着去，就变成他跟她。

阿姆熟门熟路，径直走进校长办公室，叱问为什么不让毕业，我的仔——他倚在门边墙上，听阿姆说出这几个字，耳生得很，阿姆曾几何时称他作"我的仔"？称他的话有各式各样，记得最牢是"三百番薯丝"的瓜葛，猛听见这昵称，只觉得窘。称过"我的仔"，接下去的是一串溢美之词。阿姆大赞"我的仔"多么乖，文章又好，放在古时，定是状元郎！她呢，就是诰命夫人。他听不下去，可谁能拦得住阿姆？不过，阿姆的策略是多变的，下一回去，便不再作声，坐在校长室的办公桌前。校长亲自奉茶，她看也不看，只喝自带的凉茶。爱国学校的校长都是有普罗思想的，阿姆属他们关怀与救赎的阶层，所以不会说狠话，而是百般哄她。不能说全是阿姆纠缠的结果，也不是一点没有，总之，学校最终发放了毕业证书，鉴定也还看得过去。此时，升学考试已经过去，只能等下一年，他不愿意继续让阿姆供衣食，也对学校生活心生厌倦，就应了一个小报校对的聘用，做工了。之前，同学凭借父亲的人脉，在一艘远洋轮当水手，头一趟出行便是往澳洲。临别前，三人行再聚，就是散伙宴了。三人都喝了酒，酒又都跑到眼睛里，盈盈的，再变成惜别的话，连他都变得滔滔不绝。事先有约似的，没有涉及过往的日子，像是要珍藏，又像不堪回首，更可能是，他们跳跃过少年时代，面临成人社会，那里有着关乎生计的严肃性，过去的都成了闲情。同学饮干最后一杯酒，说道：你们要好好的，等我回来！犹如壮士出行，二度革命即来，事实上，此一时，彼一时。借"你们"的复数，通一己私心，那女生不时低下头，避开那一双热辣辣的眼睛。他向以为他们是一对，郎才女貌。女生虽称不上绝色，但在广东籍为众的本港，江南女子的白皙肤色和细致眉眼，亦有一番过人。而自己，总是处于陪衬的位置，一方面是守分，另方面，人在事外，从容地看与听，乐趣并不比当事人少呢！

　　有一日，下夜班回家，新人多是排在夜班，阿姆还没睡，告诉说女生来找过他。他"哦"一声便去冲凉就寝，阿姆还不睡，走到床跟前，说，"男追女，一重山；女追男，一层纸"。他瞌睡得很，勉强睁眼，看着阿姆的脸，不知发生什么。阿姆将一封信丢在他身上，自去睡了。睡意退去些，他拆开信，竟然是一封情书，抬头是女生的名字，落款则是出海的同学。他懵懂着，不知道两人间的私信为何落在他手里。阿姆方才的话又响了一遍，他有些糊涂，又有些明白。糊涂和明白中，夜班的困乏跑走，彻底清醒过来。他终于懂得女生的用心，可是，阿姆又从哪里悟出？她不认识字，也不认识那女生。待事情进到下聘阶段，阿姆娓娓地道来，那晚闯去学校，见灯底下他们这三人，就断定其中必成一对，这一对非别人，而是他和她。问为什么？阿姆说：世上人都看得见；问世上人是谁？阿姆说：所有人；问有没有他自己，回答有三个字：灯下黑！

他与女生之间，自然而然，仿佛已经认识一百年，再无隔阂。"电灯泡"有"电灯泡"的优势，浑然不觉中，培养出了解和好感。回想起来，发现早有交集。一并听那同学宣讲，接受教育；继而被指使工作，交代任务；然后同去执行，再行汇报。他是领袖型人物，而他们，忠诚、谦逊、崇拜精英，是他的大众。他伴在两位身边，作他们的障眼法，事实上，是给自己作了障眼法。再看笔下的文章,不都是写给一个人的?吟风颂月述的是温柔心,战斗檄文唱的是激情歌。本来这一个人不知在哪里,现在知道了,就是她!原来,他想,早就有这个人了,却不自知,是事态朦胧,还因为羞怯。许多事都被"羞怯"两个字耽误,要不是有阿姆,帮他挽回败局,人生将是另一番面目。从恋爱一路到婚姻,途中有一个关隘,有点难住他,就是同学。甜蜜中的苦涩,是愧疚又是窘。阿姆看出他的忧虑,阿姆就像先知,什么都知道。手里摇着蒲扇,眼睛定定对着前方,说道,同学是走四方的人,抛得下父母妻仔!他未及追问为什么,阿姆接着说,同学与他阿爹有同样的相,双耳紧贴后脑,前额有一对鼓,这种生相,走遍天下有人帮!他与同学相处多年,不曾留意这两点,阿姆只一眼就全看见了。更让他吃惊的是,阿姆提到"阿爹"这个人,虽然因为寻他才到的香港,可连一张相片也未留下,他从来不去想象"阿爹"的生相,仿佛是一个没有实体的人。阿姆的话打开一扇门,放他走出情义的囚禁,释然了。

他们先是和同学写一封信,因斟酌字句,延宕下来。婚期日益临近,最后放弃写信,代之以一张婚柬作告知。想不到,同学竟然出现在喜宴上,加盟迎亲兄弟团。海上生活与体力劳作使他更加结实，皮肤是古铜色，双臂伸开，几个小孩攀住了打秋千，他再慢慢抬起来，举座皆惊。送亲姐妹团有好几位向他传递眼风，他则兵来将挡，水来土壅，迎拒自如。显而易见，已在风月场上有过历练。想一想，那远洋轮一出几万里，停航码头多少流萤，滋润着漂泊的身体和心。女生选择这一个，不选那一个，也是先知先觉。他逐渐明白，不只是阿姆，还有现在的妻子，女人大多有特殊的感知能力，这既带给他好运，也带来烦恼。总之，过去和将来，他都要与这种异能纠缠不清，最后败倒。

虽然是阿姆热情支持的婚姻，但婆媳关系跑不脱传统窠臼，龃龉是免不了的，夹板气是免不了的，非此即彼的两难选择亦免不了。日常生活的筛选相当可怕，漏去的都是好处，留下的且是坏处，因好总是细腻的，坏呢，突出、尖锐和粗糙。阿姆本就是个强人，否则的话怎能够单枪匹马，带他到今天；妻子渐渐地也显现出强来，为他所料不及。两个强人都怨他软弱，他不只软弱，更是亏负，亏负她们的恩情。阿姆赐予的毋庸说了，妻子，赐予他爱，还有子息。妻子给他生儿子，不是一个，是三个，他很高兴不是女儿，而是儿子，要不，他就又多了债主，并且三个。千真万确，女性是他天然的债主,他生来就是为还报她们的施舍。有时候,当他独自一人,安静下来,对比双方的能量——他从来不评判是非,倘要评判是非,那么一定是她们都对,就是他错,所以,他只以强弱论。从本性说,阿姆强,妻子尚有几分温柔;从遭际看,阿姆受的苦多,磨砺也更大,妻子基本顺遂,家境不算富足,温饱还是有的,可算在和谐环境中长大,但这种和谐却在婚后被颠覆,于是崛起,所以,就这项说,妻子的个性是被阿姆激发起来的,当然,他忽略一点,三人行是因她主动,才有结果,更可能是潜在的力量型人格;人间事物其实受天意造化主宰,某一方能量上升到倾斜失衡,另一方亦会反弹,水涨船高似的,于是,对峙就保持住了。妻子本是后起,又需服从于长幼尊卑,地位就在下风,然而,一径生下三个儿子,气焰步步高升。自从生产以后,不知是荷尔蒙缘故,或者心理变化,妻子说话声音粗壮,腰腿圆出一周,脸也宽出一指,原先那个温婉的女生藏到芯子里,看不见了。现在,她们势均力敌,平起平坐。他作着评估,现实的烦恼变得抽象了,生出哲学的理趣,又不纯是思辨性的,还有一种温馨,来自于亲缘。一旦她们出现,争端挑起来,好心情烟消云灭,只觉得人生是一场折磨。

后来他与妻子分手，完全是另外的缘由。其时，阿姆已经过生，或者说，他拖延到阿姆过生，方才签署同意书。事实上，婆媳生怨，日积月累，终究消耗了夫妻的亲密。妻子离去，他心中是有遗憾的，本来，阿姆不在了，也许他们间的罅隙有机会弥合，可是，冷淡了的夫妻，再度热情起来的可能几近于无。不如好合好散，换一种缘分。

阿姆过生，妻子离婚，三个儿子都成年，只有小的还在读书，费用他包，跟母亲住。所以，房子是归妻子。他净身出户，倒也清静。经过这一段冗杂的世事，他对自由生出新的认识。一切善后处理完毕，头一项要做的事，就是看望生母。

二

三岁跟了阿姆，对生家没有记忆，前面说了，因阿姆时时提及三百番薯丝，知道是个贫家。可阿姆也不是富家，放眼都是一片穷，所以，又像是记得似的。无论闽南故里，或新填地街，那多子女的一户一户，都是生家的照相。阿姆与他生母，是一个娘家村人，溯远去，连得上亲攀，断不绝音信。他又有心，很会猜，渐渐就将那些鳞爪拼起来龙去脉。生父过生，与他头生子落地同一年，他虽不信佛，暗地也觉得有因缘。他知道家中连他共三兄弟，他也有三个儿子，不同的是，他有一个姐姐。心里就相信，如果与太太不生隙，也会得一女儿。关于这姐姐，有一桩事他从未和阿姆说过，就是他们姐弟曾经见面。八十年代中，大陆经济改革，香港近边的保安镇开发新区，立市为深圳，姐姐从深圳入香港，在一家车衣厂做工，联络到他。接起电话，他倒也不吃惊，仿佛早在等待的一日终于来临。那是八月的下午，出地铁口，搭乘小巴，需越过一个隧道口。汽车的尾气汹涌而出，烈日当头，满耳发动机的轰鸣，地面在脚下震颤。他先是虚脱，热极了，却不出汗，手脚冰凉。喝下一瓶水，并无缓解，反增添一项，尿急。眼前一片白炽，不知往哪里找厕所，就在隧道内侧的影地，面壁方便。倏忽间回到穷破的山村，变成极小极小、光屁股的小孩。撒过一泡尿，身上轻松了，手心脚心有一股热上来，汗如雨下，眼睛里则是泪，糊住视线。他哽咽着，一步高一步低走到小巴停靠站点，上了车。炎热的午后，极少有人出门，车上只他一个，等一时，还是他一个，便开动了。走一站，停下开门，没有人上来，再关门，上路。司机似乎盹着了，整个香港都让午眠魇住，只有他一个人在哭。

他和姐姐约在荃湾西一家茶餐厅，小巴上的激动平息了。面前的这个妇人，看上去像阿姆的年纪，穿的甚至比阿姆老气，神情却很沉着。两人有一时无语，轮换替对方斟茶，偶尔抬眼，对看一下，又避开。停一会儿，冷气将热汗收干，他问：母亲——这是经过考虑决定的称呼，母亲好吗？他问。姐姐说：阿姆让我看你。他注意到姐姐用的称谓是"阿姆"，而他已经有了一个"阿姆"了。他将带来的东西提到桌上，推过去：代我向母亲请安。姐姐说声：太见外了！他说：自己人！答非所问中完成开场白，双方吐出一口气，攀谈下去，以往绰约的耳闻此时浮出水面，展开眼前。两个哥哥都在原籍，靠山吃山，靠水吃水。一个经营茶业，一个养殖蚝田，吃苦是吃苦，回报却相当可观。托邓小平的福——姐姐说，靠到椅背，眼睛看向他，头一回正视这个弟弟。然后说起自己，嫁的人恰是广东保安镇上，开摩托车行，所以，她才可越境到香港做工，月薪抵得过内陆人十倍以上。虽然做得苦，可他们从来都是苦做苦吃的人，下一代则可换一种命，一个个读书升学，习商习医。看面前的女人滔滔不绝，他渐渐明白，表面是认亲，实质上呢，是通告，他们虽然留在苦海，但凭着一己之力，也挣出头来了。原来，兄姐们并不以为他可怜，反是艳羡的，说不定会问母亲，他们的阿姆，为什么是他，而不是他们中间的一个？最后，姐姐终于沉寂下来，店外面的炎日略微软弱，他买了单，站起身，将来——他说，口气有点犹豫，因为不知道什么时候是"将来"，他口吃起来——将来，我养母亲。姐姐依然坐着，靠在椅背，从下往上看这个男人。金丝边的眼镜，淡紫色细条纹衬衫，束在米黄卡其西裤里，系棕色牛皮带，腕上是同色的表带，面容清爽，看不出年龄，只是发顶已见稀疏。中环的群楼底下，匆匆来去的都是这样的男人，那是另一个香港。姐姐的表情颓唐下去，他不敢看她，转身离开。

之后，他再没接到来自生家的音信，他也忘记向姐姐作出的承诺，即便不忘记又如何？职场和家室，都近似春秋大战，连他生来直正的秉性，免不了也要动机窍，走曲线。又值时事震荡，英女皇访中国北京，谈定九七回归，人心惶惶，亦是喜，亦是疑。喜的是，家国同体，名实合一；疑的是百年隔离，水乳能否交融。一时掀起移民热潮，资产企业也相继流出去，股市一路下跌。乱过一阵，忽又平靖下来，大陆政府援手救场，股市反转，出去的人又回来，仿佛什么事都不曾发生，舞照跳，马照跑。人类是最能随机应变的物种，否则怎能在生物进化中取胜，居万灵之首。他从爱国中学毕业，就好比定了终身，一直在大陆背景的公司做事。薪金菲薄一些，好处在于这类机构不似英皇体制内讲求学历。随着港人受教育程度提高，学历的迫势日益进逼，这些年公司招聘的新人，多有硕士博士，甚至牛津剑桥。好在他已立稳脚跟，到中上层，下是下不来，上呢，空间也有限。他本无大的野心，但求无过无错，按时退休，凭他的年资，可得养老金还算可观，就算是功德圆满。九七回归，使他暗中生出些微期许，说不定，说不定呢，会有新天地。他悄然写下一些文字，有多少日子了，他没有写工作以外的字句，那还是少年旧习，禁不住害羞，但又感动。往昔的激情岁月回到眼前，心中都怀疑，是从那里过来的吗？当年的三人行，两个成为身边人，亲昵和龃龉将他们磨砺成另外的人形，那一个雄心不减，却是另一番抱负。同学他弃政从商，从贸易到实业，遍地开花。九七回归典礼，电视中可见他的身影，属爱国爱港人士。电视机里播放国歌，镜头从一行行人脸上摇过，他与太太都不看，走来走去，各自忙碌。彼此不知道想什么，又都知道想什么。一个想，当初选择若不是这个而是那个,当会如何;另一个想,无论爱国还是爱港,都要凭实力说话。

生活沿既定的轨道行进,历史其实是在常态下转折的。当年的反英抗暴,烽火四起,香港仍然完成一百年借约,如今,人事依旧,却翻开另一页。他收起纸笔,继续朝向养老金的终极目标,日复一日。这年他五十岁,距那目标尚有一段路途,而通货膨胀加剧,仿佛要将股市里的盈利吸尽,养老金变得微不足道,他开始投资房产。第一套房屋的租金还下一套按揭,下一套租金还第三套按揭,租金和按揭的差异所得竟超过月薪。这一项财政计划应归功太太,毕业于会计学校的女生,先在一所会计事务所做客服,又为客户推荐到银行,从低阶升到中层,再到襄理。上海人天性里的精细缜密,特别合适银行业,她的收入早已经超出他,国际资本进出口岸的香港,这一行也比他的有前景。所以,三次生育她都没有放弃职场,三个孩子由阿姆人工哺乳长大,亦都长得不错,也和阿婆很亲,多少平衡婆媳对峙。要不,这一家的强弱就太偏倚一侧了。

如此,日子有一时的安宁。第一套的房贷临到末梢,即将纯收入租金,第二套也在中段,第三套平稳起步,却得有机会出手,亦可兑现,作下一轮投资计划。

顺遂往往迷惑头脑，也是急于贡献家庭，向来保守的他忽然奋勇起来，售卖的款项尚未到账，便欲下定金购进新楼。其时，形势已经有转，百业都趋下滑。太太入行金融业多年，谙得其中虚实，所谓不测风云其实都在有测，于是，人退我进，人进我守，看起来反其道行之，其实是有预见，盈时望亏，亏时望盈。他只看见表面，哪里懂得内中机枢，就也照虎画猫，依葫芦画瓢。太太本觉得不妥，试着劝退，但没拗过来。先生一改优柔寡断，变得果决，这不正是她希望的那样？他一生平庸，向晚时分，说不定有所建树，亦可享一回清福，便由着他去。然而，就在此时，亚洲金融风暴袭来，房价骤落，租售均降，贷款则不减分厘，于是，入不敷出，转盈为亏。一念之差，胜败两隔，赔进一生的积蓄。

紧接着，太太的离婚律师函发来了。俗谚道：夫妻本是同林鸟，大难临头各自飞。另一种说法则是，夫妻共患难易，同享乐难。回顾婚姻，他们既没经过大的患难，也不曾有大的享乐，而平常的日子里，堆垒起的怨艾早就分离他们，只不过借这一时作由头。他知道，太太对自己失望已久，事业和经济上的后进是一条，婆媳对决中立场暧昧是又一条，还有一条，也许是双方都不意识的，就是人届中年，难免会对所有的人和事生厌。这一封律师函有要挟，又有负气。他没有签署同意，说辞，也是事实是，阿姆病在床上，他不想让阿姆看见家庭破裂。太太也没有逼迫，于是拖延着，两人都抱苟且的心情，也是下不了决心。他们可算是少年夫妻，一路长成，一路将老，像是至亲，却又不全是，在他的身份处境，所谓至亲，都是有隔阂的。有亲无情，有情却无亲，情和亲都是有恩。三个孩子，应为血亲，但为妻母相争，形势复杂，为公平见，他只能采疏离的态度。父子之间本就淡远，如此更生分了。寂寞时，他会遗憾没有女儿，女儿当近昵些，可是，他很怕近呢！近昵意味受恩，他是个负债累累的人，尽其一身图报都不够用。

虽然没有签署离婚协议，两人却都默许了现状，就是似离非离。争吵不再有了，反倒更像路人。自从投资重创，阿姆日渐委顿。阿姆的奋斗史，起点很低，低到地平线下，但却节节向上，所以从来相信天道酬勤。眼看着燕子衔泥，一点一点的垒起顷刻间坍塌，不得不怀疑命里有业障，到头终是竹篮打水一场空。这时节，有多少老迈与软弱的人一蹶不振，跳楼的、烧炭的、服药的，阿姆不会戕残生命，倒不是守什么戒律，只是秉性刚硬，不肯让步。但刚硬同时也易折，人算不如天算，阿姆终于倒下了。

夜里，阿姆睡下，太太进屋，自从儿子在外寄宿，多出一间卧室，他们就分房了。他独自走出家门，乘地铁到天星码头，坐在水泥砌栏。水面幽暗，两边楼宇的灯火熄了一半，渡船离岸，笛声如咽，湿热而味咸的海风迎面吹来，多么忧郁啊！却有一种凄美，使他的愁苦变成诗意。文艺青年的心来拯救他出俗世了，一些伤感的句子涌现在脑海，就像渡船横过水面，拖曳一条浅浪。几颗细小却尖锐的星星钻出云层，罩下一层薄亮，天水间豁朗开来。夜深了，岸边的人不见少，反见多，许多游客，还有恋人，这是不夜的城和不夜的人。他离得很远，仿佛隔岸观火，同时又深陷其中，被垣围住了。

阿姆常说：我要是能够，就自己走到殡葬馆去。这一句狠话，至少做到有一半。前晚上，阿姆将儿子媳妇召到跟前，打开一个小包，里面是金银首饰，款式老旧，成色却很足。她公平分成五份，三个孙子，及他和她，又将他一份归进她的去，说：女人难得很。似乎知道他们要分开，又似乎劝和。夜里有些不安，叫他起来，要一杯水，上一次厕所，天亮的一觉就没醒来。后事料理完毕，太太取出离婚书，要他签字，他说了半句：阿姆走了——这话像是当阿姆障碍他们的婚姻。她说：你早等着这一天！他等什么？等阿姆走，还是等离婚？夫妻间就是这样，说出口的全是错，错接错得出的是个"对"。最终，他还是签字了，太太，此时已不能称太太，要称前妻，冷笑道：这一回你如愿以偿！他只得苦笑，明明是她要离，却成偿他所愿。内心里却承认有几分被猜中，他真怕了她们，就像钻心虫，又像如来佛的掌心，七十二跟头也翻不出去。房子留给她，这是金融风暴中保存下来的唯一家财，他自去租房住，这是劫后余生的又一项，工资。如此分配，算是她得大头，他得小头。就这样，因没有致富的规划，就也够花销，一个人能有多少吃用？只是退休或要推延，因养老金是笔死钱，多做几年多有几年收入。厘清这些，就交代完了前半生，事实上，是大半生，剩下的日子，数也数得出来，说是余生，他倒有重新起头的心情。这时候，他想起生母。

他联络姐姐不如姐姐联络他的顺利，电话打过去，回说没有此人。专跑一趟深圳，寻到姐夫的修车行，亦关门歇业，几番问询无果，悻悻然而归。通勤车上听来，金融风暴不仅没有危及大陆，而且新政更趋前进，闽南闽北开发经济，就有人往那里闯事业。因此，换一条路线，从阿姆的故旧入手，倒得来不少消息。原来阿姆对生家，断续有接济，生父去世，还代他汇过一个白包。听见这些，就知道寻亲认亲，阿姆不会怪他，心里释然很多。记下地址，下一个周日就上路了。

　　生母健在，身子骨缩得很小，坐在一张藤条椅里，眼睛从幽深处看向他，无喜亦无悲。细打量，脸庞并不见老，还不似姐姐的有沧桑。也许到了某种境界，时间停滞，超然物我。他喊了声"阿姆"，此阿姆非彼阿姆，然后跪到地上磕头。阿姆的身子动了动，问出一句：抱孙无有？这一声问得他汗流如注，回说：还无。椅上的阿姆坐回去，身形流露出鄙夷的表情。身旁的姐姐替他注解道：头一个男在外国读书，第二个也往外国去了，第三个留在身边。实情是老大已经读完回来，老二将去未去，第三个则在他母亲身边，他已成孤家寡人。阿姆竖起五个手指，摇动着，是指他的年龄。他点头说是，十分惭愧，因无抱孙，又无成就，且还不知母亲高寿几何。母子二人，睽违几十年，如今相对，几句来去，要说的就都说了。余下便是见兄嫂，认侄甥。满满站了一地的人，很快他就不记得谁是谁，只能从年龄分辨出平辈和晚辈，还有第三代——抱在手上，挤在腿缝里，睁着晶亮的小眼睛，一个四世同堂的大家庭。然而，他也看出，母亲是独居，因房屋老旧，左邻右舍全是新起的楼房，塑钢窗，马赛克墙面，琉璃瓦斜坡屋顶。中午时，全体转移大哥家，大理石地坪的厅堂，摆了三大桌，除自家人，还请几位陪客，村长，组长，厂长，还有镇长。续起来也是族亲，冠一个姓。镇长与他推让上座，来回几度，最后以年纪论，镇长方才入首位，他退左手，就挨母亲坐，负责为老人家布菜。餐中，母亲又问他一遍"抱孙无有"，仿佛将刚才的问答忘了，也可见出对这项的重视。除此，再无多话，难免有近在咫尺远在天涯的心情。很快，他被桌上人拉进谈话，被释放似的，有一种轻松。

谈话是关于经济的新政，对个体创业进一步放宽准入。闽广两地原本有地貌差异，前者多山，后者平原，又近香港，钱物流动活跃，于是贫富两分。后来深圳特区开发，如虎添翼，突飞猛进，闽地落后更甚，好比新社会和旧社会，桌上人说。现在好了，皇恩普降——这里人说话真像是旧社会，旧社会里的旧戏文。这天是观音诞日，县乡都开社戏，于是，他又被拉到姐姐姐夫摩托车行所在镇里，直接上到一家酒楼，可俯瞰广场上的戏台。所谓广场，不过是两条街相交处的一个路口，临时砌起水泥台子，两边用毛竹搭起棚屋，作演员换装的后台。台顶上悬一排灯，灯下人红装绿裹，咿呀吟哦声里，有一支胡琴特别高亢尖锐，穿透过来。四下里一片暗，暗里人潮涌动，一会儿聚起，一会儿散开，与戏台上的活动无甚干系似的。

这一宴出席人全是镇上官员，亲属只有姐姐姐夫，谈的还是改革的题目。到底高一级行政区域，又是公家人，胸襟就要开阔许多，词汇也更现代，筑巢引凤、招商引资、制造业、房地产、外贸、内需，等等。他插不进话去，沉静着，举座又都站起，共同向他敬酒。从高阶到低阶，一人一轮，叫作"打通关"，终于结束，姐姐又暗示他也要回敬，于是，再一轮"打通关"。他不善饮，平时酒局也不多，没经过磨砺，不会虚应，而是实打实，统统下肚，不到中途已经醉了。幸好他醉态不坏，只是开心话多，满面春风。下半席上就尽是他说众人听，左一声"血浓于水"，右一声"月是故乡明，人是故土亲"，第三句是全篇贺知章的还乡诗，从"少小离家老大回"到"笑问客从何处来"，声声回首，念念旧情，相比桌上人的新辞，他仿佛是个古人。心轻快地跳着，身子几乎要飞起来。席散时，被众人簇拥，走过酒楼的回廊，底下戏台变成火柴匣大小的一洞天地，浮在深灰色的人潮上，手拉着贴身的那个人，嘴里无休无止:"床前明月光,疑似地上霜"。

这一晚,他睡在姐姐家里,醒来天已大亮,窗下传来汽车喇叭,还有水龙头打开,扫射的声音。探头看见姐姐踩胶皮靴,系胶皮围裙,举一柄水管洗车。所谓车行,包括修理、配件和洗车。这一间二层水泥预制楼板房,占地约六百呎,上层居家,下层店铺,如此分割,就逼仄得很。从狭窄的直梯下去,站在门前,往四面看。白日里,夜的遮蔽揭去,灯光熄灭,见出街镇的小和灰暗。山脉挡住视线,地面高低不平,这里那里矗立着水泥板的楼房。一条公路笔直穿过,带来了现代化,却显得粗暴。姐姐说中午镇里还有请,他却再不想见那些人。清醒中,意识到他们的期望,而自己爱莫能助。他只是一个职员,领取薪俸度日,方才经历破产——倘若那么一点资财也够得上"破产"两个字。他草草吃过早饭,乘姐夫摩托车的后座,驱往县城长途车站。临上路,他重申多年前的承诺,"我养母亲",口气是肯定的,因为"将来"已成"现在"。

隔离了的情缘,即便血亲,也不那么容易弥合。心里头,他还是将阿姆当亲的,母亲则是疏。但是,一次还乡到底走通关衢,自此,他就有了几门亲戚,为循环往复的生活,增添额外的内容。之后不久,他又回去了，总有镇甚至县上的官员宴请，应对较前自如，或多或少得些放纵的乐趣。县城开发新楼盘，专面向侨属，他参加看楼团，乘着大巴去参观。带领的小姑娘，穿一身职业装，完全脱去村气，与香港小姐无大异，不禁暗暗惊讶自由经济的力量，一夜间造出新人类。大巴坐得半满，有来自港澳台海外，也有家属代理，由小姐串联，相互递送名片，介绍与自我介绍。走省道，一路过去，几乎工地连工地，不是建房，就是修路。中途有人内急，没有服务站，车阵衔接，停不下来，好容易靠到路边，很危险地斜下路基，停在一堆黄沙旁边。车门打开，一行人鱼贯下来大巴，手牵手穿过汽车长龙。工地上人全停下作业，向经过者远远一指，显然了解他们的急难。沿着指示走去，果见有厕所字样，走进去，只听一片响嗝，宛如夏季里的闷雷，原来是与猪圈兼用。事毕之后，再牵手鱼贯而回，全体捧腹大笑。因都是路人，不过萍水交集，轻松无顾虑，一时间倒热烈起来。窗外穷陋的山水，在南亚空气的氤氲里，变得清远淡泊，近边有鸭寮，棚顶的坡面斜下来，几乎垂地，仿佛觉得行在宋人的画中。

楼盘已起到一半，无数钢筋刺向空中，起吊机的长臂缓慢地移动，险伶伶的。样板房独立在一侧，走进去，只觉目眩——玻璃，镜子，地砖，大理石，枝形吊灯，家具打着光亮蜡，总之，满满当当，都在发光，内外两个世界。他倒无所谓这些，工程总是粗粝的，样板房也总是过度装饰，他注意的是楼距宽阔，可看见远山一抹青黛，视野相当开朗。最令他动心的则是楼价，只在港岛百分之几，附带许多优惠，赠送洁具厨具，底层是空地，顶层是楼顶平台，还可代办城镇户口，一室户一人，两室户两人，三室户四人。从投资考虑，他是香港人，人称经济动物，不可能不想到投资，价值空间亦有余裕。楼盘距县城五公里，距厦门十公里，一路的土木建设就可看出，城市正急剧扩张。他在心里迅速算出一笔账，十年期的还贷，每月支出微乎其微，主要是那一笔头款。他有一些积蓄，净身出户，从零起家，一月一月的余钱，在港岛，买一只钻表都不够，可用在此项，却不容小觑。差额部分可以借，他想到那同学，这一小笔借款，只要他张嘴，立马就到手。张嘴的为难又恰在于少，而不在于多。这点数目都周转不灵，显得很潦倒。这就是香港的人生。总之，他决定了，要替母亲买一间楼，兑现赡养的承诺，同时呢，也是为家乡经济增幅作绵薄贡献。

　　回到香港，即电话邀约同学，同学也刚从内地老家回来。这时节,香港大陆通勤活跃,来的多,去的也多。两人在尖沙咀一家广东饭馆餐聚,依谁主张谁买单原则,由他做东。同学也不见外,只说这一向在大陆吃得过饱,胃口不怎么样,所以,无须点多,几件盅品就可。于是,三件盅品,外加两件点心,一瓶酒。中途同学忽想起问道:有什么事吗?他摇手说没事,谈谈天,大家不都回老家,有见闻。餐毕时,同学又问:到底有事吗?他还是摇手,说没有。同学是个爽利人,性情难免粗疏,真以为没事,不再问了。于是,这一餐,钱没借到,餐费倒付出不小的一笔,盅品是比较贵的。借钱不成,买楼便搁下了,其间售楼小姐打过几个电话,问,买不买?这话问得直接,露出大陆妹朴直的本色。他说还需考虑,买楼嘛,不比买白菜萝卜!后一句说得俏皮,他其实也是有风趣的,被生活压抑,现在开始露出水面。

买楼的计划延宕了一阵,小姐的电话稀疏下来。他想过向前妻借钱,但更不好开口,难免有推翻协议索讨前账的嫌疑,所以又止住了。倒是前妻自己揣度出来一点端倪,听儿子说过他回原籍认亲。他与儿子两周一回晤面,并不在家,而是择一间餐馆或者酒廊,酌饮一番。每见儿子,都觉长大成熟,以致多年父子成兄弟,交流渐渐深入。某次从原籍回来,说起看楼经历,以及小姐敦促,儿子说:醉翁之意不在酒吧!他说:谁是醉翁?儿子笑:两者皆是!他哈哈大笑。看起来,家庭真是个藩篱,拆除之后,成员们都自由自在,反比往日相谐。夫妻极亲密的时候——如今想起恍如隔世,小儿女间的密语,真出于二人之口吗?但又确凿无疑,是一个真实的梦。他曾告诉认亲的心愿,发誓回报生身之恩,她劝慰,不在此时,即在彼时。现在,时候到了,一个净身出户的人,纵有图报之心,何来余力?她自知气头上离异,盘剥太苛,但却不甘退步,一直撑持着,也是那句话,不在此时,即在彼时。

这一日,前妻忽来电要见面,他说了一个地点,前妻则要去他居所。他从来拗不过她,只得应许。提前一刻钟,到轻铁站等候。星期日的午后,人车比平时稀少,铁轨依山势蜿蜒,石壁上野花扶疏,日光透进来,镶上金银边,亮闪闪的。为节省租金,他就在屯门天水围赁下一小单元,虽然远和偏,但幽静,是现代的桃花源。他在无人的站台上踱步,来一列车,没有她的身影,他也不急躁,心情是清明的。又有一列车到,下来几个人,没有她。约定的时间已过去一刻钟,这一刻钟里有她的怨艾,是在罚他呢,他不委屈,反而欣慰。他不再计算时间，暗中还希望等待延续下去。轻铁列车从山崖后面探出，向这边滑行，石壁上的花草都在摇曳，日光四溅，铁轨发出叮当撞击声。终于，车门口下来她。十一月的西下的太阳里，她的人仿佛透明，本来就比闽广人白皙，如今发福了，几近吹弹得破。这是离异后第一次见她，没变，又有变。她大约也是这么想，只是更直率，说：头发怎么没了！他惭愧地避开对方的直视，心里嘀咕：堪称肥婆一个！事实上，他并非全秃，她也离肥婆甚远。两人多少是窘的，移开目光，并肩往他的租处去。一些时光在二人间倏忽过去，回不来了。

走入小区，再进楼厅，上电梯，过走廊，然后推门。与外部的阔大华丽相比，房间显得格外逼仄，一方门厅，直对卧室，只三步深，一张沙发床几乎挂在墙上。被他收拾得极干净，无任何赘物，也更见出寒素。环顾一周，挑剔的苛责的目光，他不禁瑟缩起来。她在沙发，他则隔一张桌的椅上，面壁坐着，壁上是儿子们戴学士帽的照片，还有阿姆的照片，没有她，也没有他自己。有一阵子没说话，时间在静默里流去。唯至亲才可无话，或者就是极疏的人了。他想找一些话来，却被她抢先，他总是慢她半拍，她说：为你想，亦是过于拮据，可是，并无人有欠你。这话十分突兀，但又十分恰当,他点头说是,被她止住:有一条路,可供你走。什么路?他动心一下,抬头看她。她冷笑道:自己不会想!于是又羞惭地垂下头,过去,现在,将来,她总让他羞惭。她接着说:即便会想,未必能做。这句话将他点穿了,他确实想过,比如找老同学,却没有做成。这回轮到他笑,是苦笑。停一停,前妻和缓口气:我借你!他愈加苦笑:我拿什么还?前妻说:既我借你,就要保证你有得还!这话说得很职业,就像在与客户建议。他抬起头,看着壁上家人的照片,注意力却在耳畔。时间倒流,又回到过去的日子,她教导,他聆听。教导者的声音响脆,有理,又有办法。

前妻的办法是,她借他一笔款项,指定去买几样股票,然后指定几时抛售,所得盈余他得,本金完璧归赵,还她。他听了觉得极好,提出应按银行存储利率付她,她说不必。一言定音,他不敢驳。又提出立字据,前妻又说不必,再一言定音,不敢驳。她遂笑道:不怕你赖账!他说:哪里敢!前妻看他一眼,诧异有新变化,变得会揶揄。他脸上有一点笑影,才发觉丰润了,显得年轻,并不与年轻时样貌接近,反而更远,成另一个人。

就这样,按前妻策略调停,他从复苏的股市赚一笔，付开发区新楼一套两居室头款还有余，就交于姐姐，聊补母亲衣食用度。产证所有人写母亲与他的名字，将来，那是较近前的将来，他至少可以主持房产的分配。其时，他也到养老的年纪了。自此，售楼小姐的电话又接续上，似乎有一就有二，期待下一笔生意成交。

三

同样的原则，有一就有二。这一回与前妻交割之后，不出月余，又有一次晤面。是她邀他，因要卖老屋，让他去收拾旧物，多是阿姆留下，也有他自己的。去到那里，东西已经打理成纸箱，但还是多留半日，共同吃了午餐。房屋老旧，又是人去楼空的景象，唤起都是颓唐的记忆：婆媳龃龉，投资失败，职场劳顿，经济局促。所以，并没有想象中的伤感。

叫了一辆计程车，装上他的东西，先送前妻，就知道她的住所。是买下的新居，大的住出去，二的在美国，小的住校，所以也是一卧一厅，却要华丽与现代，有海景。海景于香港人，是身份的象征。又有月余，前妻忽到他的公司，说要出差，请他帮助灌溉盆栽，专送钥匙来的。归还钥匙时，前妻没接受，反而索去他住处的，说他要是出门，她亦可照顾他的房屋。他的起居十分简单，没什么可照顾的，出于礼尚往来，他还是交出了钥匙。他从来习惯服从，这是他与她之间一贯的模式，追溯起源，不都是她引领，他跟随！

如此，这一对离异的夫妻开始走动。老二博士学成，一家人前往毕业典礼，顺便旅行美国东西海岸。住酒店，他们定一个大套间，他和儿子们各睡里外间，前妻睡客厅的加床。儿子们有意让父母单独相处，坐车一排，行路一对，每到景点，则拍双人照。他们也不抗拒，他还将手放前妻的肩和腰上。这场出游很像是一场实验，实验有没有复合的可能。他是无可无不可，她呢，似有意又似无意。最末一晚，旅行团在一家米其林餐厅晚宴，客人须着正装出席。他们这一家，老少爷们黑西装，白领结，母亲则是唐装一袭，茜红锦缎旗袍，很大胆地启用松绿盘纽和滚边，且是西洋式的色配。洋洋洒洒登场，仿佛黑社会老大和压寨夫人，率一众小弟。新科状元领头向父母敬酒，感谢养育之恩，另两个乘机追击，为爸爸妈妈庆贺钻石婚。他懵懂问，什么叫钻石婚？回答三十年，掐指一算，将离异后的几年数进来，不就三十年？可是，数得进来吗？三个儿子一并起哄：和吧，和吧！他微笑不语，前妻放下酒杯，说道：要是和，那就真是为你们阿婆分的了！这话可解释作担不起恶名，亦可解释别有原因，更可能只是王顾左右而言他。他没有说话，而是，心里陡然一轻松。

他惧怕婚姻，婚姻这一种恩惠，比生恩养恩又有所不同，它包含有情欲的施舍，不啻是人生的奢物，更有传宗的给予。像他这样，出生多余的人——被送养的命运多少有这么一点意思，有延续子嗣的价值吗？他简直在强取豪夺，剥削造物，前债还未清偿，哪敢再续后账？

现在，前妻来他住处已属平常，凡来一次，他亦去一次，犹如回访。如此外交关系，看起来会持续终年，也许就是他们的缘分。都是向晚的年纪，可称之为余生，遭际和心情，趋于尘埃落定，平静下来。同时呢，生活忽然多出许多闲暇，让时间变得丰裕，所以又不觉得余生是匆促的，而是相反，一切尚可从长计议。

自爱国学校毕业以来，一直在大陆背景的报馆从业，薪金较同类型企业要低，但鉴于前面所说学历的缺陷，以年资弥补，亦步亦趋，升到中上层管理部门，所以并不作他想。回归前后，有一阵激荡，大陆派遣人员比例迅速增长，占据主要位置，思想意识总有大不同。尽管他属港地左翼，而大陆改革开局已久，来客多为自由派，毕竟分治一百年，已成两类，就有种种差异。同事们纷纷攘攘辞旧觅新，难免受影响，而且，也有过不错的机会。但他是个念情的人，也是个驯服的人，生活又养成怠惰的习性，最终还是一动不如一静，以不变应万变。如今定下神来，竟四顾茫然，老相识几等于零，后来者居上，活泼泼的，说着朗朗的普通话。他自觉成朽木，又像学校里屡屡通不过升级考的留班生，渐渐生出去意。就在此时，他的一位老友，报业内资深人物，曾在数家报纸开拓文艺类副刊，当年他那些抒情文字，就是在他主持的青年园地刊载，所以堪称师辈，如今得财力支援，独立办一份周报。先在地铁派发，迅疾覆盖全港，然后改周报为日报，改赠送为零售，扩充内容，添加页码，自主印刷发行。于是，招募员工，广纳人才。聘用原则体现出本土实业的传统模式，并非一味求新，而是老少相宜，熟生兼半。就这样，老友，或者说老师，来挖他了，位置是副刊主编，薪酬高原先一半，退休年限推延至七十，到时间视情形还可再议，因老友本人已年近七十，希冀与同时代的人共事。他原是等待退休，颐养天年，然而，不知不觉中，职业的终点有些令他生畏呢！如许多的时间，即便是上下班都不足以充实，他又开始提笔写闲情文章。而且，也是不知不觉中，他的颓唐与倦意退潮了，精力滋生。他非但没有老迈，反越来越健硕。年轻的身体其实是易碎的，因为生机过于蓬勃，激素分泌旺盛，器官赶不及成长。而现在，平衡了。

这年，他五十五岁，按理不是跳槽的时机，可是，他跳槽了。不曾料到的是，并没有预想的伤感和不舍，就像告别老宅时的平静。所以，他，也许是一个斩截的人，认清大势已去，便转身走开，没有回顾之念。本来如此，抑或有新变，总之，气象更迭，呈另一番图景。

表面上看，是依着先后排序，因果关系，本质上却可能同时发生，就和运势有涉。到新公司上班，他换了装束，脱去几十年一贯制的西装领带，穿便服。卡其夹克里一件细格衬衫，下面是棉布西裤，足登牛筋底皮面鞋。斜分的发式也修短，两鬓推上去，台湾说法叫"陆军装"，本地称学生头，是为和衣着相配，也因为发顶稀薄，早不适宜留长。现代模式的报馆，走艺术思想路线，一反传统保守，以示与旧业区别。反映在员工着装，就是轻松、便捷、亲和、大众。除去外部客观理由，在内心，亦暗自期望有嬗变。可不是吗？他陡然后生十岁，甚至二十岁，不只形貌，还有心劲，勃勃然的。下班回到住处，小区里的灯光球场，球在篮板砰砰响，一个球越过铁丝篱笆，落在脚前，他弯腰抄起来，一只手抛过去。

副刊是报纸的余兴节目，在边缘地带，连他两个编辑，与文娱部共用一名编务。是同人报刊的性质，用人宁缺毋滥，可保持倾向的一致性。工作量是大，约稿、看稿、集稿的编辑业务之外，作为主编，他还负责审稿、定稿、看大样。加班加点不说，还有许多需要学习的事物。原先的报馆是大工业体制，分工很细，程序都已格式化，他专司一门，差不多和流水线同样。如今却不然，上下左右，交叉错综。换句话，原先空间大，人小；现在空间小，人大。可是他不怕，还很喜欢，封闭的天地忽打开一隅，涌进来多少新人新事，应接不暇。难免犯错误，错误也是令人喜悦的，因为里面有想不到的发现。再说了，这忙乱的全部又都起于一源，就是文章。

文章于他，从来是闲情，然而此时此地，却成正途。那些年轻的投稿人，不多，但还是有，他仿佛看见自己，过去和现在——即便现在，他掌有这些文章的生杀大权，其实，不也依然是个文艺青年！原来，他并不是孤独的，也非过时，就不必害羞躲闪，他可总是害羞躲闪。带着羞怯的心情，他在副刊上开辟一个专栏，多少有些营私，那一颗私心却是真正的文艺心。专栏每周一篇千字文，写什么？写回乡见闻，取题"月是故乡明"。他毕竟不是少年，"为赋新词强说愁"，而是有阅历。只是生性缠绵，叙事就脱不了抒情，终属浪漫一派。

隔段时间，前妻来造访，就要多看他几眼。照顾的名义下，就带有检查的意思了。狭小的衣柜里，陈年的蓝西服闲置着，却多出一套深墨绿细格呢二件式正装，是为出席特别场合量身裁制的。她的手不自觉伸进衣袋摸索一下，空着出来，什么都没有。抽屉里依然是简洁的，合乎他的习惯。卫浴用品都是老款，亦无异常。所谓厨房，不过是贴墙一溜，无一件多余。床头的书是多了，可他本就是个爱书人。想起同学少年的日子，他造文，她抄写，手下停了一停，再移开。柜上，桌上，纤尘不染，这就是他，还是他。可是，真的是他吗？之后，不等他回访，她又来，明显是飞行检查了。他正在桌前写文章，很像一个好学生，迎接老师严苛的考验。他问有什么事吗？她说没什么事，难道不能来？他听惯她说话，总是负气的，便不说什么。让座，奉茶，叨陪一旁。她问：一个人在家？他不禁诧异起来，说：一个人。她没再说什么，坐一坐，走了。因为常来往，又因为手头正赶下一期稿，就只送到门口，看她进电梯。电梯合闭的一霎，他的门正关上，内外两隔，于是，疑上心头。

从时间上看，前妻心怀疑窦之际，他实是无限清白。换一个方面，以成因论，却已种下端倪。他手下的一名编辑，为女性，其年三十三岁。这个年纪，在婚姻中人，应是年轻，但在未婚，就是大龄，旧时称"老小姐"的，她正是后者。但当今香港社会，单身女性属普遍性，甚至纳入时尚潮流。那中环一带，办公室丽人，受高等教育，衣袂飘兮，神情昂然，令人望而生畏，多待字阁中。他原先龟缩在壳里，对周围的世界不闻不问，如今眼界一开，才发现，隔绝封锁的几十年内，生长出一族新人类。让他首度领教的，便是他的这一位下属。下属姓陈，英文名劳拉，祖籍广东新会，第一代移民于大战后创下基业，随世界经济腾飞扩张，经营很广，伸延海外，是东南亚排得上名录的富户。富户的历史往往是第一代创业，第二代科商，第三代则兴之所至，学些无用之用。这一位劳拉就是第三代，读的是文学。本港大学四年中文本科，再到英国剑桥修二年英美文学，然后回来，再读个博士，这一回攻的是新闻传媒。家里有钱，她读一辈子书有何妨，一辈子在娘家又有何妨！博士帽戴过不久，就遇新报馆开张，第一批招进来的。所以，论服务本报的资历，她倒在他之先。他本是个谦逊的人，凡决不定的事，都问她，她呢，就敢决定，之后再揶揄一句：到底谁是前辈？他连道：惭愧，惭愧。两人都笑。富养出来的女儿，性子大多直喇喇的，不计较细节。这报社又有一股新风，阶级平等，纲纪宽松，对拘泥的他，真是思想大解放。

有一回，请教完毕，劳拉向他索讨犒劳，吃请一餐，他欣然答应。二人同出办公室，一路过去，劳拉见一人邀一人，到楼下，已是呼啦啦一群，全是青年男女，簇拥他一个"前辈"，来到街上。写字间里的白领，都在这一刻出来打野食，一条轩尼诗道两边的茶餐厅，门口都延起长队。烈日当头，冷气里闭住的热汗，一下子迸发出来，十分爽快。看年轻人说笑打闹，插不进嘴，也不能完全懂得，只觉得高兴。想到自己的儿子，也和他们一样，活泼泼的生命，是他给予的，就有些骄傲起来。他们这一帮终于齐打伙进茶餐厅，又忙着四下拼凑桌椅，挤挤坐成一周。中午供应只是客饭，专服务上班族，于是各点一份，互相交换菜式，他又添买糖水。餐盘从头顶上传送，食客向跑堂叫点单，跑堂向后厨喊菜名，门开门合，进来出去，一片沸腾。餐毕，一众人尾随他到收银台买单，就像多子女的父亲，喂饱黄口小儿，有一种养育的满足。他在很年轻的时候做父亲，被生活压迫，只感到畏惧，错过许多感受，如今好比水落石出。因此，深以为非他犒劳劳拉，而是劳拉犒劳他，给他赏赐。他不知道，这赏赐刚拉开帷幕，将有不期然的剧情上演。

下一周，劳拉说要回请，他欲推辞，却又不舍，就说：你请客，我买单。劳拉说：好！他以为劳拉会像上一回，邀请小伙伴同往，可是，却只有她和他。两人出去大楼，走到街上，还是那一个茶餐厅，挤了一群中学生，白和蓝的校服，有男女分开，视而不见的，亦有混杂一处，谈笑风生。她指给他看，那男女生不说话的是低一级，高一级则故作潇洒，事实上，怀里揣着个兔子，突突跳，看额头上的青春痘就知道。她又指他看某一桌上，四个男生围绕一个女生，仿佛众星捧月，可是，劳拉说，最后，这几个男生都不会择她作婚配，而是会娶——她略作四顾，向面隅而坐的两个女生一点头：娶她们中的一位。他好奇道：为什么不是那一个？她说：他们怕她！他再问道：为什么不是这两个都选？

她说：这是概率。什么概率？他不懂。她笑起来：邂逅的概率呀！四人加二人，六人中有一对结缘，已经超过平均数，称得上传奇。他被她彻底搞糊涂，这些现代闺帏中的秘笈，有理又无理，有情又无情，只是摇头。她更笑，几不可抑。他便问：你呢？是其中哪一个。她收起笑，正色说：先是被怕的一个，再是漏选的一个，然后——然后如何？他追问。然后我选他们！这话说得杀伐斩截，又极天真，像一个宠溺的小孩子，要什么有什么。他笑起来：他们更要怕了！她眼睛看着他：你怕不怕？他说：怕得很！她仰起头哈哈大笑。中学生已经退出餐厅，上下午课去了，涌进新一批食客。他们坐得有点久，站起来，到收银台，由他付账，推门到街上。

　　如此，说话比平时稔熟一步，之后呢，却倒生分了似的。用稿编排有疑虑，原是与她商量，现在稍加思忖，自己决断了。她对他，也收敛态度，有所忌惮。两人都变得小心，生怕有触犯，触犯什么？则是暧昧不明。这种窘态没有随时间消减，反而日益加剧，渐渐地，连平常的对答都少有了。他人在事中，懵懂困惑，周遭人看得明白。同事闲聊，常谈起各自婚姻经验，有成有败，共同的认识是，香港小姐过于独立。教育程度、经济收入、职场地位，已占据压倒之势，民主社会给予她们的馈赠，多少剥夺了男性的福利。幸而，人类历史不是同步发展，而是先后错落，所以，比如，马来西亚小姐，朴素、贤良、温柔，很合华族传统的妇德。虽有地域歧视的嫌疑，但从大处着眼，文化并不以前后进界定价值，不是提倡"和谐"吗？他们又举出一二三，朋友的朋友，熟人的熟人，最终忘记旧日的创痛，过着幸福的生活。

听这些闲篇，他觉得有趣，而且开眼界。在他埋头生计的日子里，世道发生多少变化，都是需要急补的。同事们，稍有几位同龄，更多年少者，却都比他知人事、识时务，不由感叹自己的落伍。谈论到酣畅淋漓，忽听一声——何不妨一试！正想着"一试"为何，又如何"一试"，却发现周围眼睛都看向他，又听见一声：我们都没有机会，唯有你——我怎么？他不解道。身处空城！人们说。这才明白，所述理论与实例都为启蒙他，不由张皇失措，转身要跑，被一干人围堵，起哄着。他这才知道民主自由的厉害，人不分长幼，事不分大小，全一锅端。他左冲右突，好不容易脱身，身后传来齐齐的唱喝：钻石王老五，吃饭不用煮，穿衣不用补！歌声中又有艳羡，又有揶揄，他也才知道，还有这么一句流行语：钻石王老五，而自己，样样条件符合，于是，加倍仓皇起来。

　　回到办公室，直觉得脸红心跳，幸而无人，劳拉外出约谈作者，半个行政在那半边。一个人呆坐，许多片段浮起：劳拉问怕她不怕，同事们的婚姻论，前妻不定时上门搜检，全组合成篇章，题目叫作"钻石王老五"。谁都以为他应该、也必须再娶，可不是吗？人均寿命延长，联合国关于年龄段出台新划分，具体到他，又仿佛倒长回去，越活越后生，又落得单身。情理法与身心健康，再有对社会的负责，不是吗？大龄未婚女性一年一年增长，都要求他进入婚姻。现实的情况，进一步有劳拉，退一步，有马来西亚小姐。可是，他不是刚逃出来吗？丢盔弃甲，狼狈不堪，如今，稍事休憩，方才缓过劲来，千万不能重蹈覆辙，爬起来的地方再跌倒下去。他想起阿姆和她老姊妹们常说的"情蛊"，情人间以放"蛊"盟誓，天涯海角，离人归来，服得解药方可避死。现代社会的离婚制度好比解药，但只是针对文牍，还有无形式的心契，什么又能解蛊？有一句俗话：滴水之恩，涌泉相报。如此，不就是情解情，自解自！他的思想进入怪圈，就像那个"莫比乌斯带"，循环往复，不可穷尽。正撕扯不开，推门进来劳拉，面对面，两人都一怔，遂避开视线，这下半日的时间又接续起来。

也许确有心灵感应一说,前妻近来加紧视察,来得频繁。有一回开宗明义:不许背我做下勾当!这话说得无理,他和她不再存瓜葛,各是自由身,做什么"勾当"都无关彼此权益。可他并无背人的企图,又惯常对前妻不抵抗,就以无言作默许。下一回,前妻和缓口气:倘要作规划,必与我商量!他说:无规划。前妻"哼"一声,信又不信的意思。前妻的独断让他想起同事们的话题,关于香港小姐的评论,何止今天的小姐,连他前妻一辈,甚至阿姆,香港已经孕育几代强悍的女性。最近一回,前妻说的是:你有人了!言之凿凿,他心头一紧,脸上一阵绯红。前妻加追道:让我说中!其实是诈他,竟诈出尚未明了的实情。他不禁着恼:无事生非!前妻说:心虚吧。他无从辩起,想笑,笑出来一张哭脸。前妻就点头:狐狸尾巴露出来了。他要哭了,却笑出声来。前妻正色道:你选的人要经过我的眼!他点头称是。两人言语往来,半真半假,倒是久没有过的厮缠。记得起的争端,多是生计之类的严肃题目,都是诚实本分的人,多少缺乏些风趣,就更沉重了。此时,却变得诙谐。

与前妻之间是这样,劳拉那边呢?也挑开了。不是她，是她的母亲，约谈了他。半岛酒店的咖啡座，既不隐秘，亦非公开，是现代方式，又是经典空间，可见出会选地方。未到现场，已有些瑟缩。这一位夫人，看上去更像劳拉的长姐，素雅的服饰与妆容，一口流利的普通话，他说自己可以说广东话，她母亲一笑，说在台湾受的教育，可以用普通话交流。似乎有一种照顾的意思，认定他属那边的人，不是爱国学校出身吗？他的普通话如此蹩脚，港人听不懂，北佬亦听不懂，气势便矮下去。心里不安，这位母亲的来意，他其实想得到却不敢想，于是，更加局促。因是到"半岛"来，特地换上三件头洋服，在悠闲的下午茶时间里，四座皆是轻盈的装束，自觉这一身就像房产中介卖楼先生，挣扎在职业生涯的尽头。

她母亲先是感谢他一向提携劳拉，他说，没有，没有，是劳拉帮他。母亲笑着，继续往下说，还要吃女儿的坏脾气。他说，还好，还好，劳拉很得家教。母亲接着说：中国人老话，富养女儿贫养儿，一贯娇纵，不想自食苦果，就是任性！他再说：并非，并非。母亲说：所以，先生千万不要当真！这才把话说完，停下来，等他回答。他倒说不出话来，就有好一时的静场。静谧中，回味她母亲的话，不由脊背上下来一层汗，定定神，心里忽然清明起来，也笑了一笑，换作广东话：小孩行事，难免说风是风，说雨是雨，兴头过去，便云开日出，太太切莫担心事。那母亲倒有一怔，也换作广东话：先生真是个明智的人！回到熟惯的母语，不仅说话顺畅，思路也清晰起来。他说：我三个儿子已经成人，与劳拉差不多年纪。说着从袋里摸出皮夹，给那母亲看照片，仿佛出示物证。这动作天真可笑，但也显出老实。三个戴博士帽的男孩从对面女人眼睛流连过去，他接着说：太太的话很有理，富养女儿贫养儿，这就是我的贫养的儿子。说到此，忽然声咽，一阵伤感袭来，自己已是三个有志青年的父亲，却落入今日窘境，不争气啊！他放回照片，将几上的咖啡饮尽，向服务生举手：买单！她母亲忙阻止说，已经买过。他没有再争，想的是女士优先，站起身来。她母亲紧随起身，伸出手，说道：谢谢。他握住了，回谢一声，然后走出咖啡座。

　　酒店前人潮如涌，虽是十月的季候，当头的太阳依然炙热。他暴躁地脱下西服外套，扯去领带，敞开衬衣领口。没有人看他，受英国人一百年调教，都有些维多利亚时代的风度，冷淡的礼貌。他本应当转过街角下地铁，却偏偏随人流越过马路，到对面，顺斜坡上去观景道。这时候,汽笛传入耳中,方才意识来到天星小轮渡口。海水发出白炽的光,有万枚金针上下蹿跳。观景道在水面切出一条影,日头从身后照过来,他甚至辨得出自己的那一个小小的身影,居高临下,孤单得很。坐在水泥台,风吹着脸,渐渐有了凉意,平静下来。空气里裹卷着海水的盐味,礁石暗孔中寄生蟹的动物蛋白的腥气,透露出混沌世界的原始性。填地日益增阔,地上物堆垒,天际线改变,变成几何图形,等到天黑,将大放光芒,此刻还封闭在新型建材的灰白里。汽笛声被夹岸的楼宇山峦吃进去,吐出来的是回声,海湾已成回音壁。这是香港吗?他都不认识了!他似乎身在异处,连自己都脱胎换骨,成另一个人。方才的一幕,是真是假?疑从中来。他摇头,发笑,蹙眉,自语。只有一个小孩子看他,手被大人牵着,跟跄地走,却固执地转着脸,看得他发窘,站起身离开了。

下一日的事情更所料不及。晚上,他差不多已睡下,门被敲响,以为是前妻查访,想她自有钥匙,为何不用。紧急穿衣,顾不及鞋袜,打开两道门,眼面前的人却是另一个,劳拉。这一惊非同小可,不等醒过神,那边已夺门而入。本能地,他跨出一步,站在门外。宾主交换场地,这情形才叫滑稽。劳拉说:你进来!他说：你出来！劳拉再说你进来，他就有些着恼，说：出去谈！劳拉指指他脚下，低头一看，吓一跳，是一双赤脚。说：你出来，我才好进去穿鞋更衣。劳拉听着有理，就跨出门，让他进去。擦肩时一闪身，随即带上门，落下锁。一人在屋里整装，头脑昏昏然的，不知撞着什么邪，要遭遇这些不堪。他一生按部就班，恪守本分，从未有丝毫妄念，如今陷入此局，十分委屈和冤枉。待他一一完毕，开出门去，却无人，心里竟有一种失落。前后看顾，正当反身，却听有一声坏笑，劳拉从防火梯里钻出来。他追过去，劳拉又不见了，正纳闷，另一防火梯里却钻出人来。就这么与他捉迷藏，将他当小孩子耍，他也真变成小孩子，甘心被耍。最后，他对着黑洞洞的防火楼梯喊一声：我回去了！开门的一霎，劳拉忽又出现，不设防间，与他一并挤进去。

所谓门厅，只一步地，两人面对面的，躲也躲不开。两日内，他身心俱疲，这母女二人，一礼一兵，双面夹击，不知什么战术，又要置他于何地！满心求她饶他，出口却很强硬：你要做什么？她回答一句：我选你来了！这话说的，仿佛一道懿旨，又像天女下凡，他一个大俗人，如何消受得起！他转过身从架上的外衣口袋摸出皮夹，展开，送去，被劳拉一手推回：我不要看你儿子照片！无疑问，母女果有沟通。他合拢皮夹，再找不出一件抵挡的利器，只得垂手低头，任凭发落。劳拉说：人都以为我件件得势，处优养尊，其实历来挫折多多，总是我选人家，人家不选我，我不选人家，人家选我，今天我来最后一试，倘不成，从此绝无此念！本是有些凄楚，被她一说，变得极昂扬，赫然一名烈士，就知道有多骄傲，又有多天真。无限感慨，只答出一句：放过我吧！劳拉静一静。他感觉到对面呼吸，如暖风拂面。好的。劳拉说，然后转身，拉门出去。

一夜无眠。次日上班，头重脚轻。走廊上，人力资源部门，交出来一张纸，劳拉的辞职信，将去加拿大深造，再拿一个学位。

四

劳拉长一张团脸，眼距略宽，平眉下一双单睑长眼，不像南国女子轮廓深。身量也不似粤闽人的瘦小精干，而是高大壮阔，先祖中大约有北地人的血统。一头黑发剪至耳轮，后面推上去，露出颈窝。她的肤色是一种牙白，显得厚润细腻，望过去，有一层光。所以，虽不是通常以为的俊俏，但很照眼，一群人中，最先看见的，总是她。现在，这张脸浮在眼前，不动不笑，掸也掸不去。劳拉的桌子，空了几周，收拾得干净，桌面起着反光。他绕过它，移开目光，那里映着劳拉的倒影，不动不笑。然后，就来了新人，是他的推荐，副刊的一位长期作者，中学语文老师，在大学读一年制的写作专业硕士课程。年近四十，两个孩子的母亲，耗不菲的费用，换这无用的学位，在一个普通收入的家庭，算得上高消费。文学副刊，本就是物质社会的奢侈心，来到这里，就好比回家。

新来的编辑姓顾，因原是老师，又在成熟的年纪，人就称顾老师。顾老师，身穿一件女生校服款式的旗袍，一双白色便鞋，一看就是文艺青年的出身来历，文字取舍也是文艺青年一路。他其实也是，但与劳拉合作，无形中有改变，变得先进，就觉得顾老师的品位迂腐了，难免产生分歧。顾老师的表达方式也是文艺的，委婉曲折，他本来能够听懂，此时却不甚明白了，一径地说：顾老师可以谈谈自己的意见。顾老师分明已经谈了，他还是那一句：谈谈自己的意见！让人以为是存心，闻而不听。顾老师索性回答：没有意见。文艺青年大多是有脾气的，含蓄的脾气。吃一软钉子，略警醒些,知道顾老师真有意见了。于是,第三次说:顾老师可以谈谈自己的意见!这一次几乎有挑衅的意思,顾老师缓缓起身,悄悄移步,退出去。一抬头,人没有了,不禁惘然,他想起劳拉的动静生风。上班是这样,下班回家呢?听见门响,心头一紧,却只是风吹。走廊里的脚步声,也在惊扰他。四下的寂静并不令他安心,而是索然。奇怪的是,随劳拉离去,前妻跟着消失了踪迹,似乎对他放下戒备。这一日与儿子见面,才知道前妻去了上海,旧亲联络,乐不思蜀的样子。这倒提醒他回原籍看老母,于是,下个周末便动身了。

老母所住新区,已经大变样,周围的空地,全起来楼房,多半是高层,第一期的六层公寓,就成盆地。好在楼距尚保持宽阔,至少在香港人看来如此,就不影响日照。小区前开出通衢大道,行道树未及栽种,日头直晒下来,白花花的起烟。道路直上高架,匝口立着房屋中介推销员,大热天捂着西装,举着楼市信息的纸牌,车辆水泄般从他们身边淌过。车辆增加不止十倍二十倍,速度飞快,路面已见出下陷的迹象。两边是低矮的临时建筑,水泥和波纹铁皮的材料,开设各种店铺,衣食住行,供住宅区居民吃喝用度。店铺的空调外机,和着轮胎与地面的摩擦,轰隆隆作响。他的车停在母亲小区的对面,没有任何信号灯,不知如何越到对面。车流汹涌,无息无止,噪声和炎日让人恍惚,从车缝看过去,那一排小铺子,像一堂布景,布的什么景?新填地街,他差不多要忘记它了,忽然间无比鲜明,而且向纵深发展。铺面后头的库房,水果的烂香味;卷帘门拉下来,他和阿姆的席枕;戏园子的舞台与后台,古装丽人的头面,兰花指;电线杆上的招贴,治脚气和鸡眼……

最后,他跟着一辆掉头卡车的尾上,穿过车阵,到达彼岸。寻找老母住的那幢楼,又走许多弯路。楼区里多出水池、人造山、葡萄架、雕塑——断臂的维纳斯,赤裸的大力士,插翅的胖鼓鼓的天使……仔细回想,都是开发商当年的承诺,如今兑现,原先的空廓变得拥簇和凌乱,但亦有一种闹哄哄的热烈。终于到了老母的公寓,门敞着,厅里的地砖擦得晶亮,中间垂着枝形吊灯,也是开发商随房屋赠送,底下一张麻将桌,噼里啪啦牌响。心里生出一股欣慰之情,老母过得不错啊!见他来到,桌边立刻起来一位,是姐姐,要让他入牌局,说不会,并非客气,而是真不会。阿姆和前妻都不玩牌,这两个女人,其实很像。姐姐重又坐下,一个女人从厨房走出,端来茶和点心,是老家的疏亲,专司服侍老母。老母手下摸牌，嘴里吩咐中午的菜式，头脑和口齿都清楚利落，人也比先前丰腴润泽。她们说的是闽南话，自阿姆往生，他极少说闽南话，以为忘记，其实句句在心。看着眼前情景，不由感慨阿姆辛苦一生，却没有享他大福，可谓"子欲养时亲不待"。牌桌上人在夸奖他有孝心，血浓于水，老母则说一句：生不如养！虽是谦辞，但极是善解，到底母子连心。他坐在迎门的藤椅，穿堂风习习吹拂，耳边牌的玉响，间杂声声乡音，不由地，睡着了。

一趟回乡，心情平息许多，独处时还有寂寞感，但对待顾老师且能够客观冷静。思想也有回转，回到向来的文艺观念，仿佛重获自我。副刊的风格换以抒情派为主，版面也显沉着，失去些活泼，却多了人生洞察，仿佛也在生长，度过青涩，向成熟去。他重启回乡专栏"月是故乡明"，旧题下新开一辑。顾老师的生性不是劳拉式的生猛，具进攻精神，而是"润物细无声"的一类，对他又极尊敬，认作知遇之恩。劳拉新鲜泼辣，有别开生面之感，但也令他紧张，年轻人的游戏其实不合适他，倒是顾老师，让他放松。克服最初的抵触，渐趋和谐。顾老师进报馆一段日子，听八卦新闻，知道有劳拉这个人，又知道已成过去式。一方面理解起始不顺的缘由，另一方面，生出了月老的念头。女人，尤其已婚的女人，总是对姻缘有兴趣，除去愿天下有情人终成眷属的好意，亦不免八婆心理。尤其是，方才也说过，香港几乎一夜间，遍地生出当嫁未嫁女子，任由一个单身汉自生自灭，简直有负道德良心。

这一个周末，本港艺文联谊委员举办茶会，庆祝一位青年写作者新书出版。这位写作人是在副刊起步文学生涯，所以茶会由他主持并致辞。经过一段时间修整，劳拉引起的动荡归于宁静，回想起来，既是荒唐又不乏甜蜜，调剂了平淡的日常生活。他想，自己何德何能，得这一份馈赠？诚惶诚恐之余，便是激励。他比之前更积极努力，活力充沛。茶会上，他又穿上三件式西装，灰白的头发修得更短，近于板寸，仿佛草莽英雄。外形有时候会反过来促进内涵，他真的有威风了。也不用文稿，出口成章，奖掖后辈，又坦陈艳羡——生长在飞行器时空，自己则是自行车一代，交通落后，路还曲折，不时要扛车行走，就退到步行的原始世界，磕磕碰碰，跌倒爬起。要是能够，他说道，要是能够，很想再生，变成年轻，可是又舍不得亲历的人生，倘若压缩掉历史，重新成为白纸，会觉得空虚了——说到此，满场的欢笑沉静下来，肃然起敬，他哽咽了，说声"谢谢大家",遂下场落座。仪式完毕,各桌自由茶叙。举目望去,一半后生,相形下,这一半难免成老朽。好比搭在子时零点的末班车上,绰约见晨曦微露,却是人家的明天了。正在自己的思绪里,顾老师过来敬茶,身边伴有一位女士,略年轻些,自我介绍李姓,他就称李小姐。两位女士敬过茶后没有回自己桌,而是在身边左右坐下。联谊茶会向社会开放,付一份茶钱即可进入,艺术之道,人皆有份。所以,李小姐是个生人并不奇怪,交换过名片,见供职公司为一家艺术画廊,头衔是企划主任。出自礼貌,不免多问几句关于画廊的性质、规模、投资与返利。经李小姐回答,方才知道,这一家画廊并非独立经营,而是下属某建筑公司。公司新登陆,有迅雷不及掩耳之势,后来居上,可透视资本规模巨大。所以能够忽略成本与回报,专司艺术,也是开辟橱窗,打造形象,作新一类的广而告之。他想到艺文联谊委员会一直以来期望建立常设机构,买一间写字间,雇一名秘书,就打听楼市行情。问答中听得出李小姐在实业内已具相当年资,经验丰富,头脑又清楚。他不禁好奇,为什么转行做艺术。李小姐一笑:地产是有形资本,艺术则是无形,有形资本已近饱和,不说远,只说近,香港的楼房,如同森林,向海湾取地,终有取尽的一日,而无形的——她做了一个向天空盛开的手势，犹如舞蹈。李小姐长相有些类似顾老师，但每一处都勾描一笔，就醒目了。穿的洋服，不像顾老师教会女生装束的拘谨，而是时尚的。凡到会者，付过茶钱就领一朵花，男士佩胸前，女士则系在腕上，举手时，花枝摇曳，有一股妩媚，但顾老师是很少动作的。茶会结束时，他与李小姐已有三分熟，顾老师反成陪客。三个人一同出会场，下电梯，在北角的暮色里告别。

次日上班，顾老师见到他，脸上笑盈盈的，似乎有喜事。不觉纳闷，看她几眼，顾老师就开口了：李小姐对主编你印象极佳！他没听得懂，停一停，说：我对李小姐印象也不错。顾老师一拍手，笑道：这不成了！他极少见顾老师活泼的样子，倒不像老师了，而是有些市井气，却又变得可亲，让他想起阿姆。放学回家，常见她与同乡人交头接耳，表情诡黠。他也笑道：成什么呀？顾老师说：成好事一桩！见他蒙蔽，又说：李小姐单身，难得有中她法眼的。他诧异道：这如何可能，这样的小姐，却空虚年华，简直天地不仁！顾老师以为他不信，再三保证：果然单身，我与她中学同校，后又在同一所大学，她读本科，我读专业硕士，后来她去美国攻学位，多年不见，再相遇，依然如故。他还在不平中，问：她在美国难道没有遇见爱的人！顾老师以为他质疑李小姐的清白，就说：有是有过，否则，这样年纪没有感情经历，不是很枯乏吗？他松一口气，似乎放下心来，世事到底是公平的。顾老师接着说：等那么久，看来终于等到要等的人。谁？他问，忽觉心跳加快，有大祸将要临头之预感。你呀！顾老师笑得弯下腰。他立起来，变色道：开什么玩笑！顾老师见他认真生气，就有些尴尬，退后一步。开什么玩笑！他再说一遍，声音却软弱了，颓然坐回椅上。

不知顾老师如何向李小姐传达的，过了一周时间，李小姐自己打电话来，约喝茶。态度坦然大方，他反不好过于推辞，显得心里有鬼，而且做假。赴会一日，在着装问题上，有所斟酌。正装忒隆重，有什么要紧似的；休闲则近昵，好像自己人。最后是居中，T恤衫外罩棉麻西服，轻松不失稳重，就这么出发了。

约见的地点在铜锣湾珀丽酒店的咖啡厅，他提早五分钟到，李小姐已经在靠窗的桌边招手。李小姐穿一件石磨蓝丝绸连衣裙，和那日的职业装束相比，减去十岁年纪。圆桌面上放一个文件夹，李小姐推给他，说：上回说要觅写字间，略收集一下，有几处选择，可供参考。他没想到是这事，为先前的顾虑惭愧起来，就有羞报之色。李小姐浑然不觉察，伸过手，打开文件夹，一条一条给他看，解释利弊。点的咖啡和茶送上来了，暂时移开话题，补几句寒暄，互问交通与作息，再有季候天气。从窗口望去，可见维多利亚港湾，白帆点点，汽艇划开水面，犁出条条金沟。静一时，李小姐问道：先生是本港生人？他不免从根上说起。这段来历他都没有告诉过劳拉，他与劳拉，总是听的多，说的少，当然，更不可能与顾老师说，可是对李小姐，他有歉疚心，仿佛小人对君子，于是要以加倍的信任和热情。这一段叙述，涉及生恩与养恩，离乡与还乡，事业沉浮，婚姻成败——说到这里，他终究迟疑了，于是止住。时间过去，咖啡续杯了，楼市信息的文件夹合上，悄然推到一边。他发窘地喝完杯中物，招手示意买单。李小姐说：应该她来，是她定的时间地方。此时，他变得坚定，一再招手，李小姐方才告诉，已经签单，因这酒店与她的公司有合约。他只得垂下手，收起钱夹。李小姐补一句：下回先生你买单。于是，得已和不得已，又有了下回。

　　李小姐与劳拉的范式完全两种，劳拉行的是霸道，可爱的霸道，你心甘情愿被奴役受辖制；李小姐呢，分明是听你的，可结果却亦步亦趋，大约就是王道了，要高一筹。无论以何种名义,他和李小姐开始约会。所谓约会,不过喝一杯茶,说几句话。吃过一次饭,在尖沙咀转厅,地下灯海一片,到时间,镭射放起,海天之间穿梭,炫极了。这也是李小姐和劳拉的不同,李小姐的趣味更具都会风格,光鲜华丽;劳拉则是质朴的,游离出潮流,崇尚个人性。其中有时代因素,劳拉更年轻;也有背景的差异,像劳拉这样的富贵家庭,专能生长奇葩,李小姐出身中等阶层,凭一己之力,以求社会公认。从人生经历论,他与李小姐更有同情之心,但审美出发,他也许较为欣赏劳拉。这么比较着,忽然警醒,这是作什么比较呢!抬起手,从脸前挥一下,挥去杂念。

他和李小姐的茶约已趋日常,平均节奏为两周一见。外部看来,是成熟男女相处的步履,不疾不徐,最后走向结合。实际情况却是一种胶着,他多少刻意为之,李小姐呢,似乎也同意这样的状态,大半年的时间过去。这一回,李小姐择日邀约,约的晚餐,还是定在珀丽西餐厅,他们第一次晤面的地方。因时间段不同,情景就两样了。窗内一盏烛,照亮一圈,正好笼罩同桌人。葡萄酒映在李小姐的眼睛里,变成夜明珠,看起来有些不寻常。窥出他心中的疑问,李小姐先就揭开谜底：今天是我生日！他一拍脑袋：为什么不早告诉我，都没带礼物，实在太失礼！李小姐说：又不是小孩子庆生。他说：在我的年纪，看你们都是孩子。李小姐说：我倒想做小孩子，可是已经满四十，按中国人说法，吃四十一岁的饭。他第一次听到李小姐的真实年龄，竟然比顾老师长一岁，再想，她们同学，自然是同一年代生人。可是——他脱口说道，真是显年轻！谢谢夸奖，李小姐收住笑，继续道，外表看这样，内里，青熟自知。他说：相从心生，李小姐的心理年龄必也是年轻！李小姐沉吟着，说：就像那日茶会上先生的讲辞，很想重生，回到年轻，却舍不得亲历的人生——抬起眼睛，似乎积蓄着勇气，脸都红了。他心下紧张，不知道接下去会说什么，又仿佛是知道的——遇见先生是我人生的幸事。李小姐终于把话说出口，他沉默下来。李小姐脸上的红晕退去，轻轻吁出一口气，将话题收梢，谈起别的。她的画廊正与内地博物部门接洽，举办展览，有几件藏品，价值连城，需办大额保险，多家公司竞标，然后就细述藏品来历，每一件都有故事。她娓娓道来，他却走神了。李小姐要交托给他人生，不，应当说奉献，这礼物过于隆重了，本该是他送她的，今天是她的生日。想到人生，他的思绪漫游开了。劳拉是衔着金钥匙出世,李小姐则是两手空空,她十五岁从内地来到香港,说是投奔亲戚其实是独自奋斗,一步步走到今天,从无到有。唯因为是这样的收获季节,他才消受不起。那么劳拉呢,他也消受不起。劳拉是一瓢饮,李小姐是水流三千,前者以质论,后者以量计。他不自觉中又拿她们作比较,好像她们是一对,可不是吗?一对璧人,一个从天而降,一个地上生长,开出花来,都是美丽、丰盈、性感、熠熠发光。他用什么来回报?莫说别的,单是时间,都不够了。

李小姐觉出他的沉默,思想跑到很远,便止了说话。两人默然相对,岑寂中,有类似知己的心情,因是相知,所以相惜,他心下决定再不与李小姐见面。眼睛转到窗外,维港的灯光中似乎有一盏专对了他,向他眨眼睛,讥诮,顽皮,不相信。李小姐的葡萄酒杯轻磕一下他的杯沿,就叫服务生签单。账单送来,双方同时伸手,他晚半拍,覆在李小姐的手背,两人都一心惊,这是他们头一回肌肤接触。他没有移开,而是很坚决,李小姐又解释她公司在酒店有账户,他摇摇头,握起李小姐的手,另一手抽去账单。区区一餐饭,如何还得清对面人的美意!付完账又给出一笔丰厚、完全没必要的小费。李小姐明白他的意思,一向以来,她都明白他的意思。只是，她是那种，相信人力不信天意的人，凡事都要做到尽头，碰壁而回。就是以这股劲头，方才走到今天。

下周一上班，顾老师走过他办公桌，似无心却有意，在桌面叩击两下，仿佛"啧"声，就晓得李小姐已向她报告结果，从此事情终了。经过劳拉的一段，他较前有锻炼，能适应，就免去大的震荡，只是怅惘，怅惘。他又一次领略李小姐与劳拉的差异，劳拉是轰然而至，轰然而去；李小姐是细水长流，抽丝剥茧。后者的影响其实更深，此一变，生活亦随之变，每到例行的两周一晤，便不知如何打发，时间漫长得吓人。多亏有一件喜事插入，振作了精神，那就是，长子喜期来临。

将过门的儿媳妇是台湾的外省人，也在美国读书，于是，小儿女结缘。读成毕业求职，港台两地来回尝试几番，因都学的计算机软件，再联合一对亚洲夫妇，同回美国，在硅谷开一爿小公司，倒也活得下来。女方家庭信仰基督教，行的是西派婚礼，从教堂出来，再随他们闽南习俗，办一场宴席。亲家从台湾过来，人数就有限，他独身一人在港，也不想惊动福建的老亲。前妻家倒是人多，姨舅各表聚有两大桌，再加些新旧同事，其余都是两小儿的结交，按香港人规矩分成兄弟团和姐妹团。兄弟团一律黑西装，姐妹团则长裙曳地，手举一柄小伞，热闹喜气。他们老的，作壁上观，感慨光阴流逝，世事变更，今天的青年可比他们快乐明朗，前途广大。他们的老同学作证婚人，宴会厅也由他一手安排，在跑马地赛马会。底下马匹奔腾，人声涌动，一浪接一浪。证婚辞有大半叙说与新郎父母的友谊，仿佛是为上一辈姻亲作见证。本来就是演说家，再又触动心情，将听众带入情景，正沉湎其中，忽然话锋一转——这一日，传来佳音，一个宝宝落地，就是今天的新人！说完一个，再说另一个，因初次见面，重在描绘印象。着重却不是新娘，而是新娘的母亲，意思是相见恨晚人生大憾，否则，必要与先生争夺——先生也是个豪爽人，立刻请他带回家去！可是，证婚人说，倘如此，又哪来的新娘？所以，原就是前世的因缘，才有今天的良辰美景。一番话说完，场子都掀动起来，一旁等候上菜的服务生都拍手叫好。

老同学安排坐在他与前妻中间，三人行的二男一女，几经纠缠，终还是离散，回到少年结义的缘。老同学已是抱孙的人，笑他俩起大早赶晚市。太太不是他们淘里的人，性情温和平顺，与放纵的他正是一对，所以能够从一而终。此时坐在前妻那一边，正低头密语。趁机会，这两个便也通个私心。同学问他：想不想再找？他连连摇头。老同学鼓励说：少不更事不算，人生从二十岁起计，至今六十许，只过一半，尚有另一半，怎可虚度？这话有些道理，令人耳目一新，想了想，还是摇头。老同学哀其不争：一朝被蛇咬，十年怕井绳，从政治理论上说，就是经验主义，最终走至虚无主义。到底从左派运动中走过来的，唯物历史观的影响犹在。他苦笑：我这样支离破碎的人，谁跟我就是欠谁！老同学惊呼起来：你就像那个手里握着宝却不自知的人！他倒好奇了：我有什么宝？美德！同学说，忠诚、老实、谦逊的美德。他不禁笑出声来了，引得两位女性都抬头看。我以为什么宝！他笑道，不如直接说"愚笨"二字更妥。新人过来敬酒，站起来受礼，待重新坐下，方才的话题就搁置一边了。

这一日，他喝得微醺，转接屯门轻铁，乘过站，再返回，又乘过站，后来竟恍惚起来，不知道是要往哪个站。于是，来回乘坐。下午四五时光景，日头向西，清风吹拂，道轨旁崖壁上的花草摇曳，与方才的繁华市廛是另一个世界，安静悠远。车行行走在轨上，偶尔"叮"一声响。他看见日光在崖壁切过去，草茎的茸毛亮晶晶的，又陡地闭合，进了影地。他身心轻盈，几乎要飞起来。有一只蜜蜂飞进车厢,嗡嗡营营,正是老同学所说"美德"两个字,除去这两个字,他可说一无所有。他这个一无所有的人,竟然会得到劳拉和李小姐的美人情,想想都要落泪,这世界待他太厚太厚,衬得他太薄太薄!最后,他在一个陌生的站点下车,因为看见了渔火。跨下路基,走向码头,海面将渔火举到眼前,向海平线铺去。步入滩前一条小街,食寮的玻璃缸底匍匐着巨大的蟹类,背上寄生着小小的贝壳。有一个男人自带录放机,随伴奏带纵声歌唱,唱的是邓丽君的歌。多情的词曲从莽汉喉中吐出,又伤心又滑稽,尤其最末一句:请把我的爱情还给我!简直在呐喊和声讨,就觉得是向他来的。

　　他的罗曼史尚未结束,这一轮是由老同学主持。奇怪的是,前妻她也参与,作为介绍人之一,不是曾经说过这样的话吗?你选的人要经过我的眼。三人行重组,又是二对一,同学和前妻一边,他自己一边。推荐的女士其实是前妻的闺蜜,听起来很像是安插眼线,方便监视。闺蜜芳龄四十二,与他相比就是年轻人,曾有过短暂的不幸的婚史,没有孩子,在中资贸易机构任部门主管,性情十分温存。因是闺蜜,对他的情况就十分了解,对她,中间人自然是信任的。那两人一唱一和，描绘他未来的幸福生活，他挂单，无力申辩，因此无语。老同学又补上一句，不着急，慢慢来！话里的意思，他这边还另有人选。他发现老同学有些惧怕前妻，不禁一笑，想起三人间曾经的搅缠，情窦初开，虽无结果，但落英心底，一生都在。见他笑影浮出，都以为同意，接下去就是相亲一幕。两男两女，倒是比预期的气氛活跃。老同学是健谈的人，从小就人来疯，有人兴奋，有生人更兴奋。四人一餐饭下来，尽兴而散，只怕那闺蜜最终没明白，与她拍拖的是哪一位。他与前妻，无论恩怨离合，看上去还是一对。总之，他没有给前妻回应，也没从前妻处得回应，这一轮无疾而终，下一轮开始了。

下一轮就是老同学的人选，他公司里的一名文员。照例，老板给文员做媒聘不合常规，但老同学本是不按常规出牌的人，再则呢，其中还有一段来由。老同学的太太打理一间花店，不赚钱，为消遣。这一个周日，正逢情人节，店里收许多订单，人手不够，太太派老同学帮忙，稍改变晨跑路线，给客户送花。于是，人们就看见一个半发福的男人，手捧鲜花，吭哧吭哧地跑步。依序来到一幢楼前，揿下号码，蜂鸣器响，咔一声门开，推进去，上电梯，公寓里出来一个小姐，伸手接花，中途缩回去，掩口惊叫一声"老板"。原来是手下员工，虽不认识，可公司中人谁不认识他？不禁也吓一跳，急忙解释，他不是送花人，他只是送花。这话听起来绕口得很，也不通，又换一个说法，花不是他送，他只是送！还是绕和不通，小姐却已经明白，抖着手接过花去，坚持送他下电梯，出大楼，到住宅区门口，目送老板捧着余下的两束，继续他的送花路。因有一面之缘，他与这名小姐熟识起来，见面就问喜期何日。先是有大概，后又推延，自此没了下文，听知情人说一拍两散，各归各了。年轻人的爱情就是这样，人没常性，事无长期。这时候，他想起他来。

相亲会再次举行，这一回的对象已是下一代人。他不解地想：为什么他的年龄长上去，对方的年龄却矮下去，这世界到底发生了什么？他也怨老同学荒唐，前妻、自己，不也荒唐吗？那女孩子，说是女孩其实也是过三十的人，待字闺中却无焦虑之色，浑然不觉，还挺高兴与前辈们攀谈，听他们回忆往事。看起来很像恳亲会，其中的谁带来儿女。谈兴越来越高涨，几十年前的秘辛，单是你知我知天知地知，此时尽入闲话。女孩听得入神，艳羡地说：那时候的女生多幸福，有人追。他们说：你们不也是吗？女孩正色道：今天的男生不追人的！他亦忘情，说出一句：是不敢追！女孩眼睛看定他：我可敢追！他仿佛看见又一个劳拉，赶紧移开目光，低下头去。结束相亲，走在街头，人潮汹涌，年轻的女性是城市亮丽的风景，令人目眩。地铁也是，一片大光明，不是来自灯，而是来自她们。自动滚梯的站台通道，如同河床，将她们分流又汇集，送往各个方向，是丽人河。他一个也不认识，又每个都认识，不只认识，还稔熟，都是他的亲人，有着温暖的体温和呼吸，滋养着他干枯的人生。拿什么回报你，我的爱人！走出地铁，回到路面，亚热带的太阳热辣辣的，热辣辣的恩情，就像传说中来自原始丛林的剧毒的蛊，拴住他，不让远行，不让弃离，不让不归！归，归，归来才有解药。妩媚妖娆的笑靥迎面而来，高架天桥上泻顶，再从地底泉涌。他汗泪交加，挥如雨下，是梧桐雨，是太阳雨，金雨银雨。湿漉漉的空气，缠绵悱恻，就像美人的深情。日头向西，从楼宇的森林间滑落，落进海面，暮色升起，即将四合。陡然，华灯盛开，天地璀璨。

第三次相亲会举办之际，他做了一件背信弃义的事，临阵脱逃，出门旅行。就像一个中情蛊的男子，走也走不远，走也走不久，还是在南亚，同一气候带上，台湾。独自一人，从北向南。这地方让他想起原籍闽南，有素朴的古风。阿里山上，种茶人家，滚水浇着茶壶茶盅，滗出茶汁，满口生香，汗津津的后背凉风习习。公路两边的槟榔屋，夜色中放射霓虹灯，槟榔妹在招手，他买了一包又一包，塞满行囊。他不惯嚼食这东西，将它们背到东背到西背了一路。来到最南端的垦丁，他看见了红豆，林子里，树丛中，一颗颗，一串串，一蓬蓬，一挂挂。沿街店铺里，大瓶小瓶，大罐小罐，各种器形的玻璃体，满满的收纳，透壁而出艳红，艳红得诱人，就有一种危险似的。他想起红豆的又一个称谓，相思豆，心中一惊。他的恩欠，他的愧受，他的困因，他的原罪，他的蛊，忽得一个名字，这名字就叫相思。

2016 年 4 月 9 日　纽约

向西,向西,向南

一

其实,陈玉洁和徐美棠早在十年前即有过交集。那是上世纪九十年代初柏林,库当大街上,接近歌剧厅的街角,开一扇门,倚门立一个白衣白裤的亚裔男人,抬头看,门楣上方写几个汉字,就知道是中国餐馆。周末,向晚时分,白昼的跃动平息,夜生活尚未拉开帷幕,正在休憩的间隙。薄暮中,这条街仿佛被遗忘了似的,只剩下玉洁和这家中国餐馆。她与侍者对视着,忽觉得这并不是本族人,深目隆鼻,精瘦的骨架子,要知道,此地的中餐馆,不定是雇佣华工的。对方也在犹疑,不知道当她哪里人。最后,他们用英语打了招呼。走进店堂,临窗坐下,唯有她一个客人。这时间对本地人远不到饭点,他们都是夜猫子。男人送上菜单,看见汉字写的菜名,就有一种安心。点了什锦面,还回菜单，问道：会华语吗？男人眼睛亮起来：原来是中国人，还以为从英国来，英国过来的人比较多。几近雀跃地，一个转身，到楼梯口，仰头向上喊：老板娘，有中国人！楼梯上响起脚步声，老板娘下来了。

在中国人里，老板娘的身量算得上高大，亦因为中国人看中国人，才看出年纪在三十和四十之间，穿秋香绿色的裙装，袖口撒开，像鸟翼般，随动作起落。绕过空着的餐桌，走到玉洁跟前，双手支着桌面，问从哪里来。玉洁回答上海，对方自报来自青田。青田，知道吗？总归听说过青田石！这时候，什锦面上来了，罐头笋、猪肉、芥菜、甜椒，切成筷子粗细，很悭吝地放两株青菜，面和汤的味道与这些全不相干，显然来自现成的酱料。她埋头吃面，女人站着，眼睛越过头顶，望向窗外，继续说话。她的普通话带着口音，大约就是青田一带的吧，玉洁没去过那里，辨别不出来。话音流水般淌过去。视线与墨绿桌布上的那双手平齐，于是注意到这双手，硕大、丰润、骨肉匀停，能劳动，却不是苦作，所谓得心应手，大约就是指这样的。如此一坐一立，吃完了面，店堂还是只她一个客人，不禁出声道：生意冷清啊！女人被她的话唤醒似的，打住话头，低头看一眼，说：今晚比赛足球，都看球呢！德国人很奇怪,脑筋有毛病,我们和他们,完全是两种人类。她笑起来,结了账,推碗离座,道了再见。这就是玉洁和美棠的第一面,彼此都没有问名姓,连模样都是含糊的。

走出餐馆,天光依旧亮着,街上除她之外,多了一对情侣,忘情地接吻。夕照贴地而起,瞬间掠过去。歌剧厅前终于有了人迹,厅堂里已聚起些声气。检票与领票,前后照应,添几分动静。观众坐有半席之满,在足球杯的晚上,亦可称得上座了。剧目是芭蕾《吉赛尔》,乐池里传来定音的管弦声。

陈玉洁在外贸公司做公关经理,上海与汉堡是姐妹城市,两地往来频密。这一回是为一批货迟迟不能上岸,汉堡港的理由是中国货轮的外漆有几项环境指数不达标,装卸工人不能作业。玉洁在汉堡与各部门交涉,请求重新检测,再次审核,最后一关是工会,同意一定天数之后,才可接近货轮操作。汉堡有公司租赁的公寓,没有食宿之忧,只是寂寞得很。于是,周末便去柏林一趟。这个国家的工会拥有无限权力,休息日绝不允许工作,就不会出状况,她也只好休息。白天去勃兰登堡门,柏林墙遗迹,美术馆,老教堂⋯⋯最后的节目是芭蕾。她买的四等票,这一区域只有十来个人,散坐四处。前边有空位,可是没有人移动,这是一个纪律严明的民族。想起方才老板娘的话,德国人是一种奇怪的人类,就又要笑。场灯暗下,乐池里的光就仿佛夜航中的船舶,她呢,茫茫大海中的礁石。音乐响起,舞者在舞台上列成各种队形,奔跑、跳跃、旋转。因为座位的关系,大约还有心情,离她十分遥远,就像一帧镜框里活动的图画。有一时,她睡着了,被掌声唤醒。掌声很整齐,先期经过排练似的,什么时候起来,什么时候止住。然后,中场休息。出去走动走动,第一遍铃声后回座,每个人都在原位上,她依然独自一人。音乐奏响,她又沉入睡眠。

走出剧院,天黑下来,街上却一片亮,路灯,霓虹灯,广告灯箱,咖啡座,餐馆全开张了。热狗铺前排着队,麦当劳里满是人,汽车揿着喇叭,年轻人呼啸而过,高举彩旗和气球。电器商店橱窗里的电视机播放新闻,站一圈人看,她才知道,德国队进入决赛。走在人潮中,几乎迈不开脚,满目都是笑靥,互相叫喊,擦肩而过一伙人,竟然横过旗杆抽她一下,回头看,无数笑靥相迎。可依然是离远的,隔一层膜。走回旅馆,洗漱上床,窗外依然喧哗。铜管乐队在游行,其中一支小号特别高亢,随她入梦里。是这样的夜晚,使得其他一些细节变得清晰,留下印象,以至于许多年过去,换了场景,这两人互相都认出了。

汉堡的公寓,人称中国大厦,是由几家国资单位联合买下一幢旧楼,再翻倒重起,专供企业外派人员居住。风格与周边高层住宅无大异,那多是战后的建筑,平行与垂直的线条结构,与现代极简主义有关,更是从实效出发,用料经济,施工快捷。中国大厦是近年造成,就更新,更高,因此也变得孤立。那白色的塑钢框架的窗户格子,一行行,齐崭崭,要是望进去,内容就丰富多样了。房间里斜拉的铁丝,晾着毛巾、衣服,床上张挂的蚊帐;桌面立着热水瓶,电饭煲突突地沸滚,里面炖着猪蹄和鸡膀;窗台内侧的瓦盆里养着小葱,蒜头抽出绿苗,其中一叶上缠着祈福的红丝线。过日子的劲头一股脑冒出来,中国式的日子,乱哄哄,热腾腾,与使领馆的中国式不同,那是官派的,这里却是坊间社会。

中国大厦的住客来自四面八方,你就可以听见各种方言在此交流:东三省、云贵川、江浙、山陕、闽广、两湖,最终又汇合成北方语系的普通话。有长住,有短留,长可至半年之久,短呢,落一下脚便转移。陈玉洁原本只一周计划,延宕到两周,事情办有六成,公司方面让她再坚持一周,索性彻底解决。不料余下的四成是为最琐碎困难,就又是两周过去,还看不到结束。一人在外,新鲜感维持半月已达临界,初始就有长久规划另当别论,她却是随事态演变,一日一日拖下来,难免焦虑心起,不耐得很,情绪变得低落。汉堡这地方,阴晴无定,云开日出时,眼前一派明媚,坐在湖畔,柳丝婆娑,微波荡漾,水面点点白帆,真仿佛仙境。转瞬间,天空沉暗,树丛密闭,湖中的天鹅呱呱地叫,鸽群呼啦啦盖顶而来,像是鹞鹰,豆大的雨点砸下。赶紧起身,回程中,乌云忽地破开,迅速向四围退去,湛蓝的穹顶越扩越广,万物晶莹闪烁。心情却鼓舞不起来了,鲜丽明朗的视野反而让人忧郁。

　　后来,非不得已便不出门,有时候,整天待在住处。白日里,客房都走空了,清寂中,动静声声入耳。清洁工开门闭门,说话嬉笑,吸尘器轰然响起,又轰然停止,修理工的击打,新入住的客人经过走廊,行李箱的轮子咯哒咯哒滚压地面,没有吵着她,却是让她安心,不自觉睡着。不知道过去多少时间,在一股饭菜的气味中醒来,恍惚以为是在公司的食堂里——饭点到了,窗户板推上去,大锅、小炒、米饭、面食,热气蒸腾、汹涌澎湃。雪白的四壁刺痛眼睛,闭了闭,方才想起身在何处。中国大厦的餐厅,中午不开张,少数几个客人，就直接到后面厨房，锅灶边上，盛饭盛菜，倒有几分居家的气氛。这一日，大师傅的媳妇从山西老家来探亲，下厨帮忙，做的是家乡饭猫耳朵。揉得十分劲道的面，揪成手指头大小的薄片，下在汤里。黑木耳、胡萝卜、西红柿、青芦笋、紫茄子、白山药，切成片，上下翻滚。大海碗，灶台上一字排开，老陈醋胡椒面，任意添。这一餐饭呀，吃得汗泪交流，痛快，亲热。

一同吃过猫耳朵，就有交情似的，由此，认识了来自沈阳的一个姑娘。她是通过熟人关系住进中国大厦，还是个学生，在波恩读商科，她带陈玉洁去到火车站的中国书店。书店门面不大，进深却几乎穿透一个街区，四层高。顾客多是中国学生，来淘减价的教科书，学生总是手紧，看的多，买的少。还有从火车站过来的行旅中人，为消磨候车的时间，也是买少看多。相比这有限的客流，书店显得过于宽敞。除了老板，底楼收银台后面的小个子广东男人，似乎没有其他店员。那是个寡言的人，甚至是腼腆的，偶尔在过道走个对面，头一低就过去了。但并不意味着性情冷淡，她很快注意到，书店仿佛是个中国留学生的服务站。临上火车需要办事情的将行李寄存这里，刚下火车的又推门咨询交通和住宿，自行车轮胎瘪了，进来借打气筒，再有借用电话和厕所,帮助收发留言消息。显然,中国人尤其留学生圈里人都知道他,一传十,十传百的。来自香港的他——沈阳女孩告诉她,并不像通常港台人那样,与大陆学生有隔阂,生成见。那时候,中国陆生留洋海外正在草创阶段,经济上,货币不能自由通兑;政治上,体制为对立两边;初度开放,人数少,根基浅,远没有形成自己的社会。与中国大陆亲近者,多是左翼知识界人士,而左翼运动发生地则以美国为中心,比如反越战,比如台湾学生的保钓。二战后的德国,正经历漫长的反省与疗伤,对于这个热爱思辨的民族,类似东方哲学的静修,难免是沉寂的。所以,来自社会主义中国的学生,呈孤军作战之势。后来,陈玉洁知道,香港人是一名基督徒。她开始进出书店,当那里半个驻地;港务局方面的业务亦顺利结束,她回国了。

二

回想起来,九十年代是个节点,上个周期完成,进入下一个。苏东解体,冷战告终,中国改革开放,经济腾飞,香港回归,美国九·一一,中东战争,亚洲金融危机……世界资本主义体系一方面扩容，另一方面，介入异质成分。具体到中国大陆，由政府推行市场经济，进入全球化，同时筑起防火墙，可说旱涝保收，完身通过世界性危机，外汇储备激增，国库充盈，个人财富积蓄。在陈玉洁个人，二十世纪的最后十年就好比一夜之间，又像是几个世代，来不及后顾，一径地向前。从外贸公司买断工龄，自营进出口。大学毕业分配在政府部门的先生早几年已辞去公职下海，先是承包一家体育用品商店，赚第一桶金，然后与几个同学去南非购买金矿，再又掉转龙头，向内发展，到山西开矿和炼焦。这十年于他们五十年代出生的人，可说是原始的，又是最后的发展机会。就在他们奋起的同时，六十年代后生冲刺新型产业的前沿，时间跃进两千年，就将是又一代风流引领。总算立定脚跟，不仅获得财富，更是在一波连一波的产业浪潮之间，占据衔接的一足之地。他们的事业起自计划和市场两种体制的狭缝，左右逢源，亦屈抑迂回，得尽先机，也种下后患，暧昧的受益最终造成身份的尴尬。

　　他们的孩子，一个女儿，在千金买醉的日子里成长。陈玉洁至今记得，两千年世纪之交，一家三口乘豪华轮夜游浦江。十五岁的女孩，穿一件珍珠白低胸露背礼服,那时候,真还不懂得怎么穿,将她往成年女性里打扮,更显得人小,比实际年龄更幼稚。手腕上套个珠包,踩着高跟鞋,站在大厅里,茫然不知所措。巨大的枝形吊灯从挑高的通顶上垂下,灯芯做成烛状,壁上也是烛状的灯,立在金银座的水晶盏里。无数彩带、气球、鲜花、玻璃珠子串在尼龙丝上,红灯笼也串起来。眼睛都不够用了,脖子也仰酸了。视线慢慢移下来,这就看见餐台,呈十字向四面伸展,冷食、热菜、烧烤,中式、西式、和式,蛋糕、水果、巧克力。女儿第一盘就直接奔甜品,各色小点心,粉红、淡紫、浅绿、鹅黄的奶油和啫喱,第二盘还是小点心。那颜色形状首先诱人,尤其诱惑女孩子,其次是香甜的口味,小孩子都是口重又嗜糖,平时受大人限制,从不曾饱足,此时敞开,非但不干预,还是鼓励的眼神。可惜到第三盘,便吃不动了,就这,还只是餐台上末梢的一点点,前菜和主菜丝毫未沾,都要哭出来。岂止孩子,大人不也是憾憾的,只不过能自持,不像孩子那般坦然不掩饰。接近子夜时分,餐台撤走,顶灯暗下,地灯点亮,一池莲花盛开,乐队和歌手仿佛是从地心升上来,音符从天庭降落,众人环绕起舞。父亲带女儿下了舞池,两人都不太会,基本就是走步,从这头到那头。看他们在人群中忽隐忽现,有几回女儿的脸正对她,表情十分严肃,好像接受成人礼,就觉得女儿正在脱去小姑娘的形骸,飞速地长大,长成那件珠光晚礼服里,真正的主人。舞池到处是这样的美人,衣袂飘兮,巧笑盼兮。她走神了,没注意人群哗动中倒计时的数秒,只听得最后一声,当!海关大钟敲响,彩带剪断,纷纷坠落,珠子漫撒开来,红灯笼亮了,原来里面都是电灯芯子。船正走到吴淞江口,调过头,外滩沿岸一带同时放起烟花。那游轮顶上的吊灯突然迸裂,露出玻璃穹盖,于是,一朵一朵烟花在深邃的夜空绽放,化成流星雨,缓缓垂落,时间就此走进二十一世纪。

女儿自小在祖父母身边生活,与他们聚少离多。在出生成长的十多年里,正是她和丈夫激烈打拼事业的阶段。他们都是上海普通人家,一条街上的邻居,就读同一所小学,又在"文革"中划地段分进同一所中学,是本地市民典型的婚配形式。中学毕业一个去崇明农场,一个留在上海分配工作,分得很好,在外贸局——照今天话说,就是办公室小妹。后来,崇明的那个凭一己之力考取大学,上海的,就是陈玉洁,由单位送外语学院委培商务英语,原去原回。那是个百废待兴的时期,机会很多,他们可说是得天时地利的一代。等两下里读成，都已是三十岁，这才生了孩子。上世纪八十年代，上海住房的紧张，全世界闻名，由此生出多少悲剧和喜剧。他们原是在公婆房间里隔出一条作婚房，两人上学各自住学校宿舍的几年里，丈夫的兄弟住进他们的房间并且生下孩子。这期间，他们夫妻的私人生活都是在周末和节假的宿舍，他或者她的同屋回家，让出空间，供他们享用。所以，住房局促是他们脱离体制自主创业的极大动因。挺着六七个月的肚子，肿着脚踝，去后勤部门索讨房子。局办公楼在外滩一座老建筑，殖民时代留下的，石砌的墙壁，天花板很高，动静都有回声，走在里面，是有压迫感的。当时不觉得，年轻，又是单位里最低阶职工，况且，大家不都一样？为住房、晋级、加薪、奖金，一趟趟跑领导办公室，赔着笑脸，叹着苦经，事后回想，却是很屈辱的。就这样，分来一间房，面积不大，朝向也不好，西北，是一套公寓里的一间。这套公寓不知出于何种历史原因，被拆分成三户人家，公用厨房和厕所。但无论怎样不便，住进公寓，身份就不同了，下一轮的争取和调配中，资本也不同了。很快，这一间加上丈夫单位增配的一个亭子间，二换一，换来新工房的一个独立单元。换房的经过，也是不堪回首。电线杆子上贴告示，房屋交易集市寻觅对象,所谓房屋交易集市就是马路边上,自发形成的几块地方。掮客一类的人物应运而生,他们手中掌握许多信息,从而串联上家下家。时间一久,陈玉洁自觉得也能成为业内一员,日后独立出来做贸易,是否从这里起念,只有天晓得。

这套一室半的单元房位处虹桥,其时还未开发,属城乡接合部,上下班需经过一条铁路。远远听见道口铃响,路障放下,挤进等待的自行车和行人里,一列火车吐着白气驶过。倘是客车,就看得见车窗里的人,满脸旅途的劳顿,不知道在他们的眼睛里,自己是怎么样的。这条铁路横亘在面前,将新城区和旧城区隔开,他们被划分在新的一边,即是逐出,同时呢,又是纳入,纳入进另一种命运。

住进这一处房子,动荡结束,终于安定,将女儿接来。女儿已在市区一所重点小学就读,而这边且是草创,周边还很荒凉,学校的品质可想而知,决定暂不转学,每天由父亲接送,顺便可去看望婆婆。辛苦是辛苦,但一家人不必分住几处,算是团圆了。就在此时,方才发现,女儿与他们是生分的。跟阿娘长大,宁波人称祖母"阿娘",阿娘们称得上是上海中等阶层的一个类型,她们精明、仔细、能干、豁辣——沪上人说,给宁波人做媳妇不易，可她们自己不也是从媳妇熬成婆的吗？她们带出来的小孩，尤其小女孩，都有一张刁钻的嘴和一副刁钻的性子。一上来，他们就感到棘手了。绿豆芽，要摘两头；鱼，只吃鳃上瓜子大小两片肉；豆腐是要去皮的。穿衣服也很麻烦，一件套头衫，后领的商标一头脱线，她按惯例索性将那一头也扯下来，多年紧张甚至惶遽的生活将她磨砺得粗糙和简单，孩子却哭了，说应该缝上去，否则就分不出前后。鞋面上的浮尘不擦拭干净也是要哭的，马尾辫不是高了低了就是歪了。随身搬过来的几大包杂碎，她看也看不懂。那些花花绿绿的铁发卡，掰开，再按下，沿发际线扣一排；喝水的壶盖藏着机关，这里一揿，那里跳起来，吐出一个咀；透明的小贴纸上的人物动物有名有姓，贴哪里也有名堂，而且重要……这些零件又不是阿娘的传统了，而是来自现代都市物质生活，阿娘家住在淮海路中心地段。有一次，她下班早，去学校接女儿，遇到班主任，说起往返路途的辛苦，老师惊讶道，不是就住在附近吗？原来女儿一直将阿娘家的地址报给老师和同学。小姑娘和同学走在前面，她推着自行车跟随其后，看那矜持的小背影，比同年龄孩子高一点，所以就在中间，一个挽一个胳膊，有些小妇人的风度。陈玉洁说不上喜欢，也说不上不喜欢，女儿长大了，却不是想象中的长大。这种复杂的心情一直潜藏在母女之间，到两千年的跨世纪晚会，再度浮出水面，却是另一番情景。这时候，做父母的，与女儿相处和谐，陌生感逐渐消弭，甚至有几分亲热。

偶尔地，她会生出怀疑，这样的改善是出于哪一种原因。血缘是一种，共同生活是一种，还有，是不是还有什么？她从国外公务回家，省下津贴补助买成礼品，最多的是女孩子的衣物，内心里多少有一些讨好的意思。她和丈夫总是讨好的，为补偿抚育的缺失，其实也没有那么理性，一家三口，本应是亲近的。女儿得到礼物，绽开笑容，一个反身，抱住妈妈的颈项。软软的小身子，贴在怀里，她有些羞怯呢！真希望不要长大，就这样。她喜欢女儿的笑脸，下眼睑很饱满，一旦开颜，便呈现两个窝，像猫咪，又像花。随年龄增长，圆脸变长脸，脸颊滑顺下去，笑窝不见了，显出少女的清秀，却又有一种凛然——不知道事实如此，还是心理的缘故，她始终有些怕她呢！这也是所有父母对长成的儿女的心理，生恐被遗弃似的。有时与朋友交流，彼此就像在攀比这种感受，很享用的呢！但内心深处，又觉着不像对方的单纯，在某个地方存着差别，而且是本质性的。生活在进行,不等她想明白,已经到下一个阶段。

他们买了商品房,先是四室两厅的公寓房。装修大半年,搬进去,住下两年。其中有一间北屋,从来不曾使用。紧接就搬进另一套,复式两层。偏离开市中心,但后来居上,成高档地区,住户以日韩籍为众多。女儿进一家私立中学,和小学同学疏远往来,阿娘呢,也不常走动,这个老城区的孩子成了新人类。礼物和礼物激起的喜悦还在继续,却已不只是出国带回,且随时随地,量和质都在增加。整套卧室家具、钢琴、电脑、音响、万圣节的鬼装扮。这个街区已兴起万圣节,基本是自己和自己玩,没有讨糖和捣乱的小孩子,南瓜灯在店铺的玻璃窗里闪烁,少男少女们穿了吸血鬼的长袍在街上呼啸走过,其实显得很寂寥。最后,女儿高中毕业,直接去美国读大学,可谓人生大礼。因学业中等,就读一所设计专科学院,校址却是在纽约曼哈顿,学费和食宿极昂,有什么呢?钱已经不是问题。

因生意上的事暂时走不开,就由丈夫保驾护航送去纽约。看父女二人走进国际出发渐渐远去,女儿比两千年晚会上又高出半头,身着旅行装,双肩背包上垂挂粉红水晶的吊串,随着走步一摆一摇,就有一股跃动,欣欣然的。没有回顾,就这么径直走出视线,她们母女相处向来冷静，从不滥情。回到家中，推开女儿卧室的门，打算收拾整理，不料想，一下子撑持不住，坐倒在床沿。那是张童话里公主的卧床，高高的弹簧垫，白色床柱上托着金球，圆顶帐垂下来，珍珠纱上布着小朵玫瑰花。眼泪溃决，流了满面，这才相信"血浓于水"是千真万确。

三

多半的缘故是女儿在美国读书，还有就是寻找新商机。她将德国方面的贸易收缩了，转移到纽约。然而，距离上的靠拢并不使她们更亲近，分别初时的那一段激情没再回来过，反而是，平淡下来。女儿抽条的身子显得很纤细，穿低腰的撒腿裤，长款的背心外面套一件横宽的背心，都是黑色，踩一双夹趾草编凉鞋。学习设计的人总是从自己身上开始实验，创造独特性。最终，很奇怪的，这些独特性又汇合成同一种风格。看女儿走在街上，走在魁伟壮硕的外族人里，四肢、身体、衣服、头发，一侧剪至耳上，另一侧，齐腮，垂下来——仿佛在飘。不少男孩，也有成年人，被吸引目光。这些目光,就像风,将她送得更远。偶尔地,女儿会挽着母亲的肘弯,便感觉到纤细的手臂里的骨骼,不是小时的柔软,而是坚硬的,有一股力度。

女儿租住的是一种称之为"工作室"的房屋,一大间,除厕所和冲淋房,再无其他区隔,住户根据自己需要分配使用。因为楼层很高,还可架成阁楼。这样的房型,得自于二战以后的苏荷地区,废弃的工厂车间被艺术家用作画室,渐变为风尚,建筑商适时跟进,开发房地产市场。以此可窥见波西米亚人走入布尔乔亚,嬉皮变雅皮的过程。所以,这间位于中城的"工作室"其实相当中产化,玻璃幕墙,细木地板,牙白色烤瓷漆的橱柜,后现代极简主义的灶具和卫浴,以及连房屋出租的餐桌椅,工作台。这样的环境里,席地而卧的床垫,东方图案的靠枕,随意摊放的杂物书本,反显出造作。她不懂设计专业是什么样的内容,从外部看起来,女儿无疑是业中人士的做派了。

在决定长住,计划买房之前,她都是住酒店。睡地铺起卧不方便还在其次,难以忍受的是无遮蔽全敞开的空间。不夜城的光,从窗帘叶片里透进来,躲也躲不开,好像当街躺着。女儿并不反对母亲住酒店,多少透露出迹象,孩子已经有自己的生活。一个不问,一个不说。有些私密的话题，至亲间反倒不易沟通，又尤其是她们这样亲中有疏的母女。有几次和丈夫同来，住的是中下城的老酒店。在美国，说老酒店不过是更欧洲化，代表新大陆居民来源地的历史。那都是狭小、逼仄的房间，自点早餐，到晚间，酒吧咖啡座上满满的，需挤过人堆，向柜台上领房间钥匙，沉甸甸的铜头钥匙放在柜台背板上的小格子里，射灯自上向下照着职员的脸，很像希区柯克电影里的一帧景。

丈夫喜欢这样的老酒店，女儿也喜欢，凡住这里，总是过来。换一种情形，就是她过去了。来到这里，多半是在底下酒吧消磨，单独的桌子永远不够用，于是，不相干的人凑在一长条大案子边上，各说各的。女儿显得格外兴奋，比平时话多，丈夫呢，捧着酒杯，缩着手肘，避免碰到邻座的人，脸上布着笑容。她却怀疑，他们实际上真的有表现出来的那般享受。看上去，更像是一种坚持，将"快乐时光"坚持到底。酒吧门口的招牌上，不都写着"快乐时光"的字样！酒店的"快乐时光"里，中国人极少，像他们一家三口的中国人，大概仅此一例。那实在不是个家庭聚会的场合，这三人未免显得不合时宜，可他们一坐就是半夜。送女儿去住处——步行即可到达，两人再返回。子夜时分的清寂里，藏着无数喧哗，那沿街的，一半沉在地面下的门扉，一旦开合，就涌上来，引起一阵骚动。

他们沉寂地走过一段，凛冽的空气驱逐了困顿，方才她可是困顿得很呢，此刻醒过来，开始说话。她说，要不要在美国买房？好啊！他说。女儿的房租加我们的酒店费用，差不多是一套厨卫的钱了。说到这里，他就正色道：不要考虑钱，钱不是问题。话里有一股豪气。他们这一路对话，都是有豪气的。倒退十年二十年，做梦都做不到。是啊，钱不再是问题，可也是个问题，就像上了发条，开关启动，自行运作，以级数增长，令人不安。想这世界上任何物质的总量都有限度，哪经得起如此递进生产。她有时会提议关闭生意，不要再赚了，一个人一辈子究竟能用多少钱？丈夫的回答是，你以为我们是净赚？不是，我们是和世界通货膨胀赛跑，趁脚力好，多领先几步，等脚力弱下来，就少落后几步。然后，丈夫便举出几个数据，证明通胀的速度和程度。按马克思政治经济学理论，通货膨胀是为解决危机，同时酿成新一轮危机，所谓搬起石头砸自己的脚——丈夫一旦打开话匣子，谁也刹他不住，所谓"马克思政治经济学"，在他们一代人，就是蒋学模的一本教科书，在世界冷战格局下，以共产主义为人类社会最终目标的前提下，诠释资本演变。现在人早不读它了，但里面不乏真家伙，也就是硬道理。丈夫继续道，二次大战以后，技术革命大爆炸，迎来第三次浪潮，似乎可能消化危机，事实上，只不过暂缓，将局部纳入总量——"总量"这个词出来了，正是陈玉洁的担心。你以为总量可无限增长？他问她。不能，她回答。增长的是缝隙，就像受过冻的萝卜，糠的，这就是泡沫经济，所以，我们必须和通胀赛跑！最后总结。这时候，他又变成虚无主义，不相信人类历史的进步。

他们走进酒店，"快乐时光"方兴未艾，领了钥匙进电梯，经过一条狭窄的走廊，推开房门，迎面是满壁墙纸的缠枝花，天花板顶线的雕饰，窗帘打着沉甸甸的结子，床幔垂下流苏，椅套、茶垫、桌旗，丝线经纬底下藏着隐花，门窗、家具、用品的边缘都是曲线，底足是弯脚，镶着金边，重重叠叠，是维多利亚时代的风尚。事实上，酒店不过开业于上世纪七十年代，酒店的典故，关于一名女演员的风流韵事，是百老汇款的。床垫很厚、很软，人卧得很深。听见枕边人的鼾声，不由哧一笑：真会装！也不知道笑的是哪一个，然后，沉入睡眠。

她自己来，通常是住新泽西，真正的北美式标准间。遍布全中国，直贯县镇级的酒店模式就来自于它。宽敞明亮，自助式早餐，价格只到那类老酒店的三分甚至四分之一。越过哈德逊河看曼哈顿，不过上海浦东与浦西的距离。这酒店主要客源是旅行团，尤其中国旅行团，占一半以上，其次东欧和日韩，再有些本土的学生团体。她虽是散客，但因为常来，一住又是半月一月，甚至两三个月之久，所以店方就将她打包进旅行团，享受大折扣，价格又下来一截。虽说钱不是个问题，可是，不还要和通胀赛跑吗？收缩德国方面的生意，转向美国，一时上还摸不到门。多年来积累的经验和人脉，都是在欧洲方面，在此可说白手起家，从头开始。来美国之前，都说这里地大物博，制度自由，有许多机会。听起来，很像近代史上所写，冒险家的乐园上海，实地一看却大不以为然。近十年内，中国的人力物力，犹如水银泻地，充盈每一寸空间。大到并购企业，小至浙江义乌小商品市场的发圈发卡，工业有重型机械，农业有果蔬植种，几乎无一遗漏。于是又回到老本行，中国餐馆。购买老店，开张新店，华埠从曼哈顿飞跃皇后区法拉盛，迅速扩大。陈玉洁数次往返，一年时间过去，依然委决不下，往哪里开拓。她倒也不急，多年历练，磨出了耐心，只是出于勤勉的本性，不开源就必得节流，能省即省。

　　酒店里每天有一团团的中国游客进出，闹哄哄来，闹哄哄往。一个人住久，终有些寂寞，所以，并不嫌嘈杂，还以为有意思。那些常受指摘的大妈们，与她属同一代人，在匮乏和争夺中度过岁月，大堂里一个空位都不放过，即便只是出发前短暂的等候，她是理解的。有时候会主动搭话，提供咨询，解决语言沟通。有一回，一个老年团的旅客向她打听大都会博物馆的票价，她如实告之，从一元到二十五元，全凭自愿。对方顿时愤忿起来，这个团费以外的自选项目，导游收费竟每票三十。看他们气咻咻找导游论理的背影，便知引起事端不小，赶紧避开。这些闲嘴调剂了客居的生活，否则就太闷了。这个酒店，让她想起汉堡的中国大厦，住在那里的时候，独自一个人，但有公务在身，总是社会中人，多少有些刻意地回避交道，有大国企单位的骄矜，也有避免麻烦的用心，是一种自恃的寂寞。而现在，是真寂寞，仿佛游离在真空地带。

　　女儿从来没到过新泽西的酒店，静听母亲述说那些杂碎，似乎只是出于礼貌。她们母女间一直或者说越来越保持礼貌。这固然没什么不好，可也没什么好。有一回，听完母亲的大妈们的故事，大约觉得应该作出些反应，不至显得态度冷淡，女儿说出一句评价：老阿姨多半是粗鄙的。她顿生反感，回击道："老阿姨"这称呼就很粗鄙！母女极少起冲撞，她出言又过激，女儿不禁怔一下，然后笑一笑，过去了。还是年轻人更有礼貌。她却有些微的失望，心底积蓄着一股冲动，自己都无法解释的，就是想刺痛女儿，可此方矛头一出，彼方适时避让开，到底没交上火。

女儿真正的兴趣所在，是关于买房。在这里，议题变得具体了，不像她父亲，从务虚始，到务虚终。每一次去——住新泽西酒店，就总是她去女儿住处，每一次，都得到一批售房信息，从网络上搜索下来，也有她朋友推荐，全是曼哈顿岛，或中央公园周边，或苏荷，切尔西，抑或第五大道。许多中国人在那里买房，女儿说。她以商量的口气建议，为什么不考虑皇后区，那是中国人聚集的地方。女儿笑一下，这样的笑容，常会使她瑟缩，自觉得变成受教诲的人。女儿笑一下，说，从投资角度出发，曼哈顿的地产有更大的增值空间。她嗫嚅道，法拉盛一带正趋向上扬。自知说服力不够，就又添一句，中国餐馆多，生活方便。女儿回答一句，曼哈顿也有许多中国餐馆，重要的是文化生活丰富，性价比更高。对话沿着买房的主题进行，倘若换成她父亲，每一个岔口都会旁出去，比如餐饮，比如乡谊，比如文化，都可激发谈兴，见仁见智。说的和听的，一概忘记初衷，不知道来自哪里，又去往哪里。当年，她便是被带入迷局，一去千万里，回头看，沧海桑田。难免感到庆幸，几回折转关头，都没出错招，尚还有歪打正着处。似乎有一条潜在的轨迹，引导他们的脚步。事实上，应该感谢那个时代，刚从计划经济走出来，选择是有限的，非此即彼。倘是另一种选择，道路不同，结果未必有大差别。草创的世界，各路英雄殊途同归。不像今天，机会很多，陷阱也同样多。但不论怎样说，丈夫确是性情中人。女儿不像父亲，那么就是像她，理性，清醒，冷静。这些禀赋在她，更多体现在谨慎，甚至一定程度的保守。女儿呢？似乎，她忍不住想，似乎缺乏热情。

环顾女儿的住处，有一种刻意的凌乱，大小靠枕东一个西一个，斜面长案上散放着绘图工具，形状莫名的雕塑直接立在地板上，台灯、蜡烛、香熏、几盆水生植物，分布餐桌、茶几、料理台、上阁楼的木梯边缘。杂物的堆砌中，因为总体上几何线条的结构面，呈现肯定的秩序。女儿不在的时候，一个人待在房内，小心翼翼地走动，避免搅乱这些物件的摆放，她觉得，这间

"工作室"公寓房,很像一个橱窗,第五大道上的奢侈品商店橱窗。她怀疑,这面橱窗的背后,还有没有日常性的生活。她想起她的婆婆家,终年散发着咸鲞和虾酱的腥气,那是宁波人家特有的气味,从八仙桌底下的坛子里蹿出来。小小的女儿,跪在椅上,操一双竹筷,吃海瓜子,一只一只送进嘴,然后划一大口泡饭,很快,跟前堆起一堆壳,透明的粉红的螺钿。那细细的颈脖子里,也有一股子海瓜子的咸味。现在,小姑娘长大了,身上的气味换成可可·香奈尔的国际香型。

在女儿的安排下,她还见过一位房屋中介商,荷兰裔的美国人,会用中文说"你好""谢谢""恭喜发财",古怪的发音里有一股油滑。介绍的房屋在公园西大街,原本是酒店,然后改成住宅。宽大的门厅、走廊,房间分走廊两侧排列,依稀可见昔日酒店的痕迹。推进门去,迎面满窗绿荫,正对中央公园。受限于原先的客房的格式,内部形制多少有不合常理处。比如原先的套间要成为独立的两卧,不得不横断空间,立一面墙,辟出玄关,重新开门,难免局促,厨房和浴室对于家庭起居也是逼仄的。她倒有点动心,因为想起上海的那种前厢房,而且,使用过的房屋有一股烟火气,是过日子的气息。她没有流露喜欢,但询问的仔细,让中介先生窥见成交的可能性，即便这一处不行，还有另一处呢，中国人可是购房的国际主力。往返对答，中介先生也判断出这个中国女人属理性消费人群，相当专业，正对他口味。他就是不怕专业，而对不专业生惧，在这法制社会里，对规则有共识，一切都好说了。

女儿在一旁静听，态度变得驯顺，使向来严峻的表情松弛下来，小时候的笑靥隐约又回来了。她温存地投去目光，想到小小年纪一人在外的诸多不易。这一天，母女间相处和谐。和中介先生告别，对方说了一句恰如其分的中文：后会有期！三个人都笑起来。然后，她们走进公园，挽着胳膊。早春时分，气温还很低，前一场雪未化尽，吸纳着正午的热量，空气凛冽，直入肺腑，身上起着轻微的寒噤。载客马车走过去，马粪味扑鼻，带着畜类的体温，在清冷中散播开。一个跑步的男人赶上她们，身上冒着热气，奇怪的，也有着同样的体味。女儿的手伸在肋下，使她想起很早以前，那软软的小身子，不由紧了紧臂弯。母女间的肌肤之亲向来很少，事实上，不是吗？她也是缺乏热情的母亲。

女儿说：那人好像怕你呢，妈妈！如何见得？她问，小心翼翼的，多少有点巴结。女儿做了个表情：转着眼珠，飞快地梭巡，就像一个猎手跟踪他的猎物，有几分神似。她发现女儿竟然是活泼的,并非表面的矜持。谁知道,也许在心里骂我们呢!她说。嗯?女儿停下脚步,困惑地看母亲的脸。怕和骂,是同一件事,她说。什么事?女儿问。我们的钱!她回答。哦——女儿吐出一口气,迈开脚步,手滑出臂弯,走到前面半步。绒线帽顶的毛球随脚步摇曳,留长的头发从帽底流泻下来,垂到黑呢大衣肩背。她想起自己的青春,在惶遽中度过,不曾流连,就远遁不见踪迹。那背影忽然顿住,转回身来,说:所以,妈妈,所以,我们要买房子,买给他们看!这孩子气的话里有一股凛然,她明白这凛然的来由,不在父母亲身边长大的孩子,总是缺乏安全感,于是,过度防卫。清寂的公园,四边楼宇远在地平线上,母女二人站在大块的天空底下,仿佛遗世孑立,心中就有苍茫生起。这是她的孩子啊,近不得,远不得,拿什么去爱你呢?

下一回再来,是与丈夫一起,在林肯中心对面新建公寓里,全款买下一套。其时,复古主义一改为现代主义,自有一套理论。他认为,酒店是幻象,住宅则是现实,前者是一时间,后者是长此以往,一是传奇,一是日常,彼此不可取代互换。而且,他强调,必须新建筑,不能二手房,前人的遗痕会成为魅影,打扰现在式的生活,那些幽灵的传说,逐渐在科学中显形,比如红外线,比如超声波,比如暗物质,现代物理学正在向东方神秘主义归宿……她的心情却正相反,一旦买定房子,反倒像是做梦,一个明晃晃的白日梦,说话起着回声,身影倒映在蜡光锃亮的地板。丈夫似乎也有些生畏,噤下声气,办完手续的次日,便丢下妻女,独自回国去了。

四

有时候,她不禁会想:为什么是我,为什么是我们?四周都是异族人的脸,忽然间恍惚起来,不知道自己身在何处。面对生活急剧的变化,女儿比她镇定多了,更像是知道要什么,并且向目标接近。搬进几件家具——这时体会到丈夫拍板买新公寓的正确,不需要装修,直接就可入住。几件家具虽不足以填充偌大一套房,但到底消除些空旷。她继续寻找开拓事业的方向。女儿临近毕业,是读硕士,保持学生身份,倘不是,就要求职。学习设计的学生一大堆,尤其是中国学生。这是个暧昧的专业,什么都沾,又什么都不沾。所以,她需要将女儿的出路纳入她的计划。这一日，到唐人街买菜，一时兴起，走上威廉斯堡大桥，往布鲁克林去了。

布鲁克林正在兴起，大有飞跃的势态。可是，像她，一个谨慎的生意人，本能地对这种经济发生的模式持保留态度，那就是制造业衰退，以艺术家为主体的设计型产业进入——这类产业的利益链相当含糊，在资本市场的考验中，命运很不确定，或者淘汰，或者转变，抑或真如预期的蓬勃发展，然后又回到萧条。苏荷地区经历大半世纪走完的周期，如今越来越短促。省略发生过程的复制，总是缺乏自然的生命力。历史进入现代，复制又在加速。大约在机器诞生，再推远，人类掌握工具的时候，就已经注定的命运——她发现自己在沿着丈夫辐射型的思路，漫游开来，哑然失笑。天下着毛毛雨，威廉斯堡大桥的步道上极少人迹，城市在脚下勃动，桥面震颤，顶上是巨大的钢架结构。这城市定是在盛产钢铁的年代建设，你能感受坚硬的骨骼。钢铁铸造一座城市，尚有剩余，于是流向战争。在地面看，威廉斯堡桥不过从东河这岸到那岸，走上去，可是漫长。引桥跨越几个街区，河面又出乎意料的宽阔。偶尔有人迎面走来，观光客和慢跑者。列车轰隆隆驶过，整座桥梁都在跳跃。太阳忽钻破云层，大放光明。雾气下沉，沃拉博特湾、曼哈顿桥、布鲁克林桥，一下子浮托起来，水鸟飞翔。只转瞬之间，云层闭合，光线收起，景物又退下了，仿佛海市蜃楼。这地场真是大，开发四百年，不过只是一个角。所以，就还有一股原始的野蛮力量，从现代性中穿透出来。

计算一下，陈玉洁在桥上足走了有一个钟点，步道在引桥中段向地面下去，穿过桥墩的钢柱，就站在了路口。停了停，顺势一转，依街道数字排列，从小号码向大号码走去。路上很清静，建筑多是陈旧和简陋，多少是破败的，犹太人的"贝狗"店，还有中国餐馆，间杂着狭小门面的店铺，是年轻人自创的品牌服装和小礼品，后现代设计型风格，稀奇古怪，用途不明，显示出物质过剩时代生长一代人的消费理念。这样的小店，每一分钟都有无数间开张，又有无数间关闭，不是作为单个，而是一个群体，维持着它们的存在。然而，谁能就此下结论呢？在一整个街区的草根性中，这些小铺子，却是华丽的很，穿越到未来，那里兴许有传奇在等着呢！时间已到午后两点，饭店都歇了，准备晚市开业。又走过一个路口，看见中国字样"牛铃"，名字有一些新鲜的情调，但招牌底下的门面，却是唐人街的旧俗，红灯笼，绿窗棂，翘檐上的黄琉璃瓦，日晒风吹，再蒙上油垢,显得灰暗。倒也让人踏实,因有一股柴米油盐酱醋茶的气息,透露出温饱的人生。

店门侧边的街道,停一辆小型运货车,地面上的铁盖掀起,露出一个男人精瘦的上半身,接着卸下的货物。她伸头向店里张望,黑洞洞的,也是歇业的样子,正要退出,却听一个女人的声音:吃饭吗?循声看去,门内酒柜后面原来有人。她说是的,女人就说,随便坐。稍适应店堂里的暗,走进去,在临窗餐桌坐下。天光带着窗玻璃上的污迹,映在桌面。酒柜里的女人问:吃什么?声音远远传过来,更显得店堂的空廓。她看见桌上夹子里有一束菜单,懒得翻看,只简单说一声:炒饭!这是每个中国餐馆必备的速食。隐约感觉女人叹口气,走出酒柜,向后厨去了。显然,厨工们休息了,只得亲自出马。小货卡卸车完毕,扣上挡板,路面的铁盖板放下,这些动静都是清脆的。后厨里的排风扇打开了,呼呼响,油锅哗哗炸开,葱花的气味就传过来,有一股居家的安宁。店堂里的暗将空间四合,人在里面,甚至是温馨的。她想,布鲁克林是个不坏的地方。排风扇停息下来,在惯性里当当响了两声,听见男人和女人的说话。不知道说什么,只是一些音节,短促地轻盈地来回。店堂和厨房连接处有一方亮,嵌着男人的身影。

大约是搬运，推拉收放，动作生风，像是有功夫。女人端着餐盘出来了，未到跟前，已香气扑鼻。

葱青蛋白的炒饭上，覆着一层金黄，仔细看，是油渣，送进嘴，原来是炸虾米。女人并不走开，而是站在桌边，指导用餐，将虾米和饭一并入口，果然，米饭软有劲道，虾米松而酥脆，口感味觉受用无穷。好不好吃？女人问。好！她顾不上说话，只回答一个字。算你有口福！女人说，是我们家乡的饭食，从来不做给客人。家乡何处？她稍停下筷箸，问道。青田，女人回答，依然站在桌边，两只手支在桌沿。余光所见，是一双丰白的大手，就有些记忆回来。女人继续说：温州那一系的菜在外国打不开，洋人就认那几样，酸辣汤，咕老肉，宫保鸡丁，春卷，美国人的脑子有病！陈玉洁忽然想起了，抬头看女人，女人不看她，眼睛平视窗外。有汽车驶过，还有人声，零落的，这一处，那一处。洋人是一种奇怪的人类，女人说，他们没有口福，从小到大，就吃那些炸鸡，烤牛排，煎三文鱼，无论什么肉，都要做成一块一块，用手抓得起来，然后再添加调料，所谓"挈司"，这"挈司"又只是几味，翻来覆去的。说话间，盘子清空大半，她的思绪已经跑开，听不到女人说话，却在一件事上盘桓。她见过这女人，可是又无法断定，不相信如此巧合。正是不相信，才更觉得是见过，因为非出于巧合，而更像是机缘。她放下筷子，问出一句：老板娘从何处来到美国？女人吁出一口气：说来话长。转身喊一声，男人即来到跟前，收走盘子。然后拉开椅子，在对面坐下：我就不当你客人，老乡见老乡。眨眼工夫，男人又到跟前，送上一壶茶两套茶具，腿脚进出颇有架势。女人说：你看他像不像李小龙？陈玉洁笑：像！女人正色道：练过咏春拳，拜师傅的！随后加一句：我男人。男人一笑，露出洁白的牙齿，旋即离开，不见人影。

十六岁从家乡出来，我今年四十六，整三十年，半个甲子。两人面对面，没有其他人，生出一股推心置腹的气氛。陈玉洁说：我比你长四岁，半百。对面人说：还以为我长你呢，真后生！谢了夸奖，心里推算回去，七十年代初，正是革命时期，国门紧闭，一个十六岁的女孩子，有什么通道出来？女人仿佛看穿她的心思，接下去的叙述正可为解答疑虑。十六岁，个头这么高，女人伸手在一米多点的位置比划一下，又瘦，自己都记不清，夹在什么人的胳肢窝里，搭车、乘船、走路，再搭车、乘船、走路，到了欧洲。她心里又是一动，定睛看过去——饱满的脸颊，眼睛周边略有些松弛，眸子却是亮的，短鼻梁，厚嘴唇，宽下巴，肤色稍显黑粗，但因为紧致，就有一层光，是个健康的女人。却又拿不定了，是那个人吗？其实连长相都没看清，仅一个轮廓，而眼前这个，具体，生动，于是，就不像了。陈玉洁小心翼翼地问：你的意思是偷渡？女人笑起来，抬手四下一扫：我们都是偷渡，他是游水，游到香港，然后——你们在哪里遇见的？她问道。女人做个制止的手势：还没到这一段呢！她被逗乐了，像不像的那回事扔到脑后，忘记了。

说出来怕你不相信，没有人相信，登岸头一站，意大利佛罗伦萨，竟然长个头了，身上阔出一圈，就是现在这样。确实让人不敢信，女人又一次窥到陈玉洁的心思，解释说：你知道为什么？她摇头。我们温州人是生在石头缝里的人，挤着手脚，好容易挤出来，砰的发开了，就像爆米花！两人都笑了。佛罗伦萨去过吗？她点头。你们是旅游，看的表面文章，不会知道内情——内情是什么？她问。对面人倾过身子，耳语般说：到处是我们的人。她不由也倾过身子，压低声音：真的吗？对面人点头：不止佛罗伦萨，罗马、巴黎、里昂、布鲁塞尔、阿姆斯特丹、柏林——她怦然心动：柏林？是的，到处是我们的人。哦！她说。再告诉你一个秘密，女人向她招手，示意靠拢，这样，就头碰头了。你知道，全世界的经济命脉掌握在谁手里？她回答：美国。不！女人摇头否决，犹太人。嗯？她离开些，看着对面人，那人狡黠地眨眨眼，说：温州人就是中国的犹太人。

光线移过来，从女人侧脸照过去，可能是用了一种植物染发剂，呈出红紫色，就像鸡冠，她忽然又觉着是同一个人，不是因为外形相像，而是某些潜在特征促成的重合。女人自十六岁开始的阅历可够漫长曲折，难怪要话说从头。遭驱逐，买卖假护照，蹲移民监——移民监有什么呢？吃喝保证，还放电影，社工服务，心理疏导，教授英语，关键是要有人！女人强调。就这么一程接一程，一关过一关，后来到了柏林。又是柏林！她要插话，被制止：你知道我怎么到柏林？我怎么知道？她反诘，两人开始熟稔。结婚！这倒出人意料了。也是青田人，早多年出来，已经入籍，在威斯巴登开餐馆，你不会知道，很小的城市。可是她偏偏知道，就在法兰克福近边。女人看她一眼：你倒是知道的不少！有些不满意讲述被打断。那一年夏季，威斯巴登举办美食节，市政府提供摊位三天，中国人的食亭总是春卷打底，青田人开车到阿姆斯特丹进春卷，阿姆斯特丹的春卷大王，上财富榜的，女人呢，正在那里打工，然后，就把人和春卷一起捎走，春卷送到威斯巴登，人带进柏林，那时候，还分东西两部，就在西柏林库当大街开出一家分店。她终于插进话去：我是不是去过你的店！然后说出时间，地点，以及老板娘的形貌，几可断定，就是你！对面人并不惊讶，在一个餐馆老板娘，阅人无数，不像她，会以为是传奇。有可能！女人承认，更像是敷衍，不忍让她失望。那时候，老头六十岁，我二十六，就是说，出来整十年，总算有了身份。

话说得轻巧，事实上，上世纪七十和八十年代，欧洲殖民地纷纷独立，移民潮涌动，人口激增，德国二战重建中的土耳其劳工尚未消化，合法居留谈何容易。具体到个人，六十岁的年纪阅历，一定还有家小，而且，很微妙的，不是居住威斯巴登，而是飞地柏林，其间一定有许多曲折。但在对面的人，什么没经历过呢？就也不在话下。她好奇的是，如何一见钟情。青田话呀！女人说，有多少人听得懂青田话？无论你说英语、德语、西班牙语，就算普通话、广东话、上海话，青田口音藏也藏不住，老头听我说话，眼泪就下来了。她质疑：不是说，到处都有你们的人！女人说：可是也要遇得到，比如，今天，你遇到我！她感觉到女人的机敏，机敏里不单是反应快,还有一点慧心。男人走过来,与女人说着什么,又退回去。大概是商量,什么放什么地方,什么又作什么用。你们说的什么话?她问道。他说福建话,我说青田话。说得通吗?她怀疑。女人大笑道:要看什么人和什么人!说罢,推开椅子站起身,知道是结束的意思,就要买单。女人说:看着给吧。她抽出二十元,压在茶碟底下,女人抬头示意,走来一个华裔女人,收走钱。又有一个墨西哥人,过来擦拭桌子,员工进来上班了。不知觉中,过去半天时光。走出"牛铃",心里还有许多未解的疑问,比如,福建人与青田人,也就是女人的"前夫",不知道能不能这样称呼,他们如何交接班?显然,福建人还年轻,看起来是出劳力的人;又比如,为什么从柏林来到纽约布鲁克林。但又觉得这些疑问已经有解,这样一个女人,可能制造任何传奇。她没有继续在布鲁克林游逛,也没有按原路返回,而是走过两个路口搭乘地铁,回曼哈顿去。这半日的经历让她疲乏,又有一种满足,邂逅、美食、陌路的人生故事,仿佛跟随走了一程。都是计划外的遭际,集中在同一时间里降临,令她应接不及,倒把去布鲁克林的初始目的搁置了。

接下来的日子,变得忙碌了。女儿正式告知,要读硕士，于是，寻找学校，提交申请，报名，缴费，一连串的手续。其间，她注册的公司——其实是个空名，为的是签证与货币进入，此时，国内金融出台新政，汇兑额度有变，就需要打通关节，另辟路径，决定回国调停，买机票，定行程。可是，丈夫的合伙人来纽约度假，她当然有义务出面接待，于是推迟动身。这些到底也难不倒她，都在可控范围，冷静处理，乱麻中理出头绪。事情只要一件一件做，没有做不完的时候。客人到的这日早晨，先在电脑查到飞机准点信息，然后启用优步系统叫车，向纽瓦克机场去了。

虽然步步周到，接人却并不顺利，后来回想，其实是兆头。看起来，两件事情没什么关系，可大千世界就像一张网，网眼扣网眼，所有的事端都连在一起，所以，她还是视作预兆。飞机已降，却久久不见人出来。眼看着几次航班先后到达，依然少有人出来。打电话联络，对方不接听，等对方来电，她则手机故障，接不起来。特别通道出来三两人，问得的消息只不过是，海关处排长队，过关的效率低，窗口少，人越积越多。然后，又有三两人出来，再然后，就仿佛突破瓶颈，络绎成阵，却看不见要接的人的身影。她怀疑自己错过，因与这人所见不过几面，都不太想得起来确切模样，于是出门到出租车站上搜寻，忽又怕正巧这时人出来，掉头跑回去。往返梭行，焦虑得很，颇不像她一贯行事作风。好不容易，隔了玻璃门看见大腹便便一个男人，空着手，摇摇摆摆走来，已经看见她，远远地挥手。

五

合伙人一行四人，他，太太，太太的妹妹，再加一位助理。从行李车上一摞半空的箱子，就可知道，主要任务是采购。助理小殷兼任导游、翻译、拎包，陈玉洁并不必陪伴全部，为尽地主之谊，到的当晚，在哥伦布圆场边的一家米其林接风宴请，随后再视情形而定，随时准备提供服务，反正"全天候"，她笑道。合伙人姓戴，是丈夫大学里的同级，看年轻时照片称得上英俊，如今发福了，找不到原来的样貌，仿佛成另一个人。他们这一代成功人士，到此时多是激流勇退，享受胜利的果实，在戴先生，就是口舌之欲，所以养成现在的身形。经长途飞行，在时差的折磨里，照理没什么胃口，可戴先生的味觉依然能够分辨细微的差别。他说，和女士不同，他的任务是吃，因此，可不可以脱离团体，单独活动？眼睛看向太太，征询的却是陈玉洁的意见。小殷归购物团，陪吃就当另安排，方才不是说了吗？全天候。如此这般，以后的日子里，每到饭点，她就去到酒店，而戴先生已经在大堂等候。太太们早出发一二小时，甚至更早，天方亮，便驱车往长岛奥莱去了，然后，向晚时分，归来集合，一同去吃晚餐。她的计划是中午小吃，晚上大吃。前一晚就做功课，网上搜下菜单与图片，供作挑选，听多方意见，最后由她集中民主，作出定夺。

俗谚道：祸从口出，这话真就应验了。

要说她和戴先生，原本并不相熟，甚至可说生分。她和丈夫的事业，从头起就没有交集，各自的人际社会就也不重叠。晚饭好些，人多嘴杂，将时间分摊，各说各的，又总能说到一起，自然就热烈起来。中午一餐，单独相对，就受到冷场的压力。难免过度积极，一个没说完，一个就开言，形成争抢，为礼让一并打住，立时变得沉寂，又一并张嘴出声，彼此都是紧张和窘。这也被视作不好的兆头，如她的性格和历练，待人接物向来从容，这一回，却失态了。于是，话题泛滥，必要和不必要，该说和不该说，滔滔不绝，一泻几千里。说和听的都无法集中注意力，任其无度扩张弥散，其中多少挟带出一点实情。真正的端倪,是女儿识破的。

有二三回午餐,女儿与她同去,三个人,其中又有一个年轻人,气氛就活跃了,她也松弛精神,偷得几分悠游。每一次去,戴先生都会替女儿买礼物,每一次分手,就都提着大包小盒。回到家中,坐在地板上一个一个拆封,包装纸摊在四周,就像过圣诞节。她说:戴先生这么破费,真不好意思!女儿没抬头,忽然从鼻子里哼一声,戴——她这么称呼,"戴",呈出一种客观的立场——戴送我礼物,爸爸送维维安礼物,总量上是平衡的。"总量"这个词是从父亲那里来,丈夫他,凡事都是从总量计。心里一惊,这才发现,"维维安"这个名字在说话中出现许多次,太多次,仿佛已经是个熟人。镇定一下,说:维维安是谁?与你有什么干系!女儿抬起头,望着母亲:别装了——说得不错,他们家的人都会装。别装了,女儿说,那是个小三,跟着爸爸到这,到那。是一代人的缘故,还只是个体,女儿说话如此直接,直接到粗鄙。你爸爸的助理,自然要跟随左右。她辩护道,自己也觉着是软弱的。年轻人笑了:你听戴的口气,好像我们已经承认她,都没有一点遮掩回避。那更说明一切正常!她听见自己的声音变得尖利。女儿又笑:好,好,正常!她看着女儿的脸,那么年轻，美丽，同时，又邪恶，做小三的，正是这样的脸。她控制不住地，举手抽过去一个嘴巴，那脸上立时泛起一片红，眼泪下来了。女儿将礼物从膝上推下去，站起身回自己房间，重重关上门，砰一声响。她被自己吓坏了，站在原地，动弹不了。从来没有动过手，一直是小心翼翼，也很久没看见过女儿的眼泪。地上铺着礼品的包装纸、彩带、晶片、玫瑰花样的撇扣，似乎铺到了地平线。这么大的房子里，只有她和她。

心跳得很快，却很奇异的，有一种类似愉悦的痛快，终于，终于发生了！发生了什么？该发生的。她想起戴——现在，她在私下也称他"戴"了，戴有一句口头禅，"你知道"，凡陈述一个人一件事，必要说一声"你知道"，于是，维维安的存在，就都是"你知道"。她好笑地想：你才知道呢，我什么都不知道！

为什么是我？仿佛天问。为什么不是我？反过来又问了一句。她陪女儿读书，他打拼挣钱，这样的家庭模式，在他们的阶层已成普遍。同时的"普遍"还有，还有维维安。她其实一直在等待维维安现身，必须有一个维维安。正因为有维维安，才能相安无事，社会和谐。她静了静，然后拨打小殷的手机，表示道歉，晚上突然有事，不能陪大家吃饭，但餐厅已经订座，某条街某个号码。小殷说，没事没事，包在他身上了。听起来，对面的环境很嘈杂，小殷的声音破壁而出。关上电话，尝试将戴的出行换一种组合，由丈夫率队，维维安，维维安的姐妹，或者说是闺蜜，再加一个"小殷"。很好，四个人是最合理的人数，乘车一辆，吃饭一桌，可一并出动，又可分头并行，而他们一家三口，在数学上是个素数，物理上则不对称，总之，缺乏平衡的条件。

她做好简单的晚饭，等女儿出来，心里准备着道歉的措辞，承认女儿的判断有道理，以达成共识，然后，然后怎么样？要表态吗？是决裂，还是接受现实？事情来得太快，猝不及防，可是，事实上，她一直在拖延。戴的来到，从接机开始，到每餐饭没话找话的焦虑，都是预兆，预兆真相逼近。她几次起身走到女儿房间门口，欲敲门又作罢，本来就有畏心，如今这一时刻，更是不敢面对。她这才发现，她们母女被安置在这地方，多少有着受打发的意思。饭菜都已凉了，女儿走出房间，看起来，表情无异常。走到餐桌边，直挺挺坐下，说，已经给父亲发信，要去巴黎学艺术——维维安去得我去不得？说罢，捡起筷子，吃起饭来。她久久不动碗箸，有一种寒冷，原来，她不需要表态，谁都不要她表态，她这个当事人，结果成了最无关的人。

戴在纽约的余下几日，循事先安排顺利度过，购买与美食均超额完成任务。又添了两口箱子，戴的腰围似也扩出一周。送到机场，看他们走进海关，四个人的背影换成那四个人，想象中的组合，迅速转身离开。最初的冲动，是回上海，机票就在手里，只需签日期，但很快颓唐下来，去又如何？一进一退之间，丈夫那边来邮件，说去了香港。那么，她也去香港。香港是客地，这样处境和心情，实在凄楚得很，于是又迟疑了。时间在无所作为中过去，越发像是一种默认。她转而希冀丈夫来，买房至今，已有一年半，丈夫再没有出场，回想那一回走，难免有落荒而逃的迹象。近来，关于女儿去巴黎的事，照理应当全家一同商量，可都是父女两人邮件往来。女儿每一项要求，合理或不合理，父亲全欣然答应，不作深询。既像是还债，又像是敷衍。这段日子，生活费用以及女儿的额外开销，依然按月汇到，不知从哪里收集的汇兑额度，更可能是，及早转到外汇账户，这意味着什么？意味他希望她们母女安下一颗心，住在纽约，衣食无忧——从这点说，并没有放弃责任，继而想起戴的一句话，他感慨道：这世界上有多少单亲妈妈！怎么说起来的？前后文想不起来了，反正聊天嘛，漫天漫地地海聊，又都喝了酒。心里一动：维维安会不会就是其中一个？她不禁血脉偾张，心跳加速。去香港的念头又生出来，而且无比强烈。她拿起电话，打给惯熟的旅行社，了解飞香港的航班。问答之间，情绪复又平定。这就是她，与外界交道总是冷静、克制、礼貌、矜持。于是，讨论到具体票务事项时候，冲动消失，她改了主意。放下电话，她兀自笑一笑，忽明白一件事，所以她想做这，想做那，最终什么也不做，其实就一个原因，她不知道该做什么！有谁能告诉她，她该做什么？这就又明白第二件事，那就是，异乡异地，她去了来，来了去，无论住多久，都是在过路，她没有朋友。

女儿转向去巴黎读书，撤销纽约学校的注册，索回部分学费，报名一个法语课程，小班授业，价格极昂，父亲照单全收。有什么可商量的，"维维安去得我去不得"！最初的狂怒过去之后，女儿找到维护权益的方式，就是花钱，于是安静下来。法语课也给生活制定纪律，每日上课下课，朝九晚五，散漫的时间归入河床，流向某个目标。余下她独自一人，仿佛在宇宙洪荒，无边无际，无羁无绊。她毫不怪罪女儿自私，在这样的年龄，成长本身就有无数困难，何堪外部的变故，能保住自己就很好。至于她，即便最消沉的时刻，也有一种自信，自信不会坠落，只是需要耐心，切勿慌乱。丈夫不再来电话，当然，她也不去电话。显然已觉察出什么，也可能，本来就是戴领了使命，有意露出口风。也好，她想，很好。她想，真是太好了！她继续装不知道，他也装她不知道，他们都会装。

天气好的时候，她出门走走。樱花绽开，一树一树。什么种植，到美洲新大陆全都变样了。亚洲的樱花，像"雾"，扑朔迷离，在这里却是确凿肯定。历经寒冬，春阳高照，人们涌上街头，无端地笑和叫喊。她却从欢欣的人群中辨出几张落寞的亚洲人的脸，不由猜测他们的身份、来历、生活。梅西百货里，每个专柜几乎都配备中国销售员，接待中国顾客，兴兴头的中国顾客，也有落寞的脸，在柜台间无目的地游走，她就是其中一个。有人往手里塞广告和试用样品，说些什么，她听而不闻，只看见嘴的翕动。在凹凸分明的异族人面相里，中国人脸显得扁平多肉，中国话也显得音节短促，声调突拔。不乏有年轻貌美的女孩，妆容精致，穿着时髦，表情傲慢，出手极为阔绰，大约都是维维安们。未曾谋面，就知道维维安的形貌，这已经成为概念，她，是另一个概念。怪不得，她想，怪不得美国人分辨不出中国人谁是谁，因为都是概念。有一只手，拉住她的胳膊，不禁吓一跳。是"兰蔻"品牌的销售员，中国人。当然是中国人，唯有中国人，才会动手拉人。这只中国手，按着她的胳膊，向下滑去，握住她的手。她并不反感，也没有挣脱，就这么留在销售员的手掌里。那是个中年女性，眼影和唇膏都洇染出边缘，就这样大妈型的女人，加倍会拉人。试试吧！大妈恳求道，不一定买，试试没关系！身不由己地，被按坐在椅上，椅背放下来，成半躺，合上眼睛，由一片清洁棉片在脸上擦拭。柔软的、清凉的棉片抚过脸颊，不防备的，眼泪涌出来。棉片擦去旧痕，新泪又下来了，她几乎哽咽。棉片湿透，又换干的，很快又湿透，再换一片。整个过程中，"大妈"始终静默着，直到做完清洁，试妆完毕，终究买下一瓶粉底霜，方才说出一句：对自己好一点。她惭愧起来，不回头地逃离"兰蔻"，走出梅西。

然而，这次际遇让她想起一个人，两回邂逅，称得上有缘，下一日午后，便出发往布鲁克林"牛铃"去了。她依然从威廉斯堡桥步行，走路可使心情平静，也可以消耗时间。也许是出发早了，还是脚下加快了速度，或者是路熟，到地方，午餐供应尚未结束，正是热火朝天。老板娘亲自上阵，点单、下单、买单，托着菜盘餐桌间梭行。今天,换了一身白色衣裤,丝绸与化纤合成的材料,垂荡感很强,随动作起伏,前襟和裤脚上的彩绘花样时隐时现,有点像戏台上的女子。她茫然站在门口,牛铃一径地响,没人过来领座。有几度老板娘的眼睛掠过来,又掠了过去,似乎没有认出她。等了一刻,终于有人过来招呼,认出是上回管收账的华裔女人,将她领到中间一个单人小桌,靠着立柱,这样,更不易被老板娘发现了。女人快手快脚送上一杯水,从桌上夹子里抽出菜单放在跟前,旋即要离开,赶紧叫住,也不看菜单,就点一个炒饭,希冀唤起老板娘注意。一抬头看墙上的时钟,已过中午饭点,客流依旧汹涌,甚至排起等座的队伍。窗外街道上的人和车也比那日稠密,竟然有换了人间之感。不一时,炒饭上来了,不是上回的,而是所有中国餐馆里专对美国人的口味,虾仁、鸡粒、葱段、蒜头、芥蓝叶,盘边镶几片炸龙虾片。吃着炒饭,眼睛追寻老板娘的身影,立柱挡着视线,目标就常常消失踪迹。倒是后厨里的油烟一团一团送过来,仿佛看见那精瘦汉子立在灶火前翻着炒勺,铁铲当当地敲着锅沿。勉强吃下三分之一,再加把力,也为拖延时间,大约有一半光景,就招手打包和买单,起身向外走。她有意绕路,在餐桌间曲折往返,寻机会与老板娘照面。老板娘埋头在收银机前，她又加紧脚步过去，不等走近，老板娘却又离开了。推门的瞬间，她感觉到自己的荒唐，萍水相逢，何以解忧。这时候，身后伸来一只手，代她推开门，阳光扑面而来，几乎睁不开眼睛。是那个华裔女人，开口道：老板娘谢谢你，下回再来！不及回头答话，已被新进的客人从门边挤开。

阳光在地面流淌，这一条街就变得颜色鲜丽，忽然想起，这一日是周末，所以人多。她这一个闲人，早已经没有日程的概念，尤其这一段，作息制度瓦解，更失去坐标，仿佛回到混沌世界。走在布鲁克林的街上，路人中大半是游客，手里握着照相机，东拍拍，西拍拍。她也是游客，一个老游客，看惯了风景，却还不回家。无意中，跟着游人，走进小店，一踏入门，就听风铃一声响。店主和顾客都是年轻人，商品也是小孩子的喜好，就又走出来，继续向前。再进下一家，风铃又一声响，街上风铃声连连，呼应与唱和。终于折回头，上桥，向曼哈顿走去。桥上也比那一日熙攘，桥下的水面起着反光，闪闪烁烁。桥栏上零落挂着同心锁，胡涂乱抹的言语就离谱了。心情多少开解些，甚至还用手机拍了几张照片。走到引桥，曼哈顿的市声拔地升起，一片轰鸣，偶有电钻的锐响从中穿透，轰鸣又蛰伏下去。塔吊在半空中缓缓移动,好像巨兽在监控它的猎物。她,迎头过去,不是勇敢,而是没奈何。

六

事情一开头,就径直往下走。还是那个戴——自从戴来过,丈夫就不再与她直接通信息,这就更像是一个预先安排。戴和她通话,告诉说最近形势变化,她先生不便自己出面,所以托他转告。人事更迭,频繁出台新政,他们这些依凭国企背景的民企,本来身份暧昧,如今处境就十分微妙,所谓"拉一把过来,推一把过去",无论过去还是过来,接下来的麻烦都很不少,正面与负面的拒斥力量相等。在变革时期,骑政策中线所为,到立法趋向完善的当下,几乎件件都是出轨,他们这一批创业者,可说是有原罪的人,蹚过污泥浊水,替世人顶着十字架——现在,她想,圣坛要出来了!耶稣也要出来了!说话人仿佛不是代言的戴,就是丈夫本人,远兜近绕,归纳起来,一个公式:抽象问题具体谈,具体问题抽象谈。她很知道,他们其实越走路越窄,尤其新一代的虚拟经济起来,他们的实体性经营方式就算走到了刀锋上,"拉一把过来,推一把过去",过来过去都是下滑。生产和市场临近饱和,旧的不去,新的不来,必进行再一轮分配,方可维系平衡。唯有丈夫这样的人,才会扯到"原罪"。对是对,可就是"扯"得很。她想着丈夫这个人,原来这么近,现在无比远。所以——戴说,现在,我们最好做隐身人,继续保持暧昧,留在模糊地带,回顾历史——历史也来了!她又看见丈夫的身影,回顾历史,这一片模糊地带比清晰地带宽阔,它处理了许多理论和实际的两难,总之——她打断戴的话:你的意思是——戴脱口说:不是我的意思!接着改口:也是我的意思。她不由一笑:你们的意思是什么?戴变得嗫嚅了,她忽然感觉,丈夫就在戴的身边,几乎听见他的呼吸声。戴期期艾艾道:就保持现状,一动不如一静。好的,她说,放心,我哪里都不去!对方沉默着,她也沉默,两边都等待着,等待谁先挂电话。是礼貌,在这里则成为一种对决。时间过去,对方到底没挨过她,挂了。她浑身颤抖起来,就像高热引起的寒战,不得不双手环抱,从一个房间走到另一个房间,从厨房走到浴室,从这个浴室走到那个浴室。这套公寓,简直成了囚室。她走遍每一个角落,来回穿梭,身上的寒噤稍平息些,才发现牙关咬得死紧。做着深呼吸,松弛肌肉四肢,心跳恢复正常,她能够思考了。

回想戴的电话,她以为国内正调整经济结构,许多企业主引退江湖,如丈夫这一行,涉及能源,追究起来,难逃咎由,滞留香港,不失为权宜之计。他早申办香港居留,如今满七年,便是合法居民,可是,可是……如果没有维维安,一切顺理成章,现实却是有一个维维安。她想到方才的回答,过于斩截,至少应该提些建议,比如,他可以来美国,全家团圆。丈夫英语不好,是一个否决的理由,再说,女儿要去巴黎,就谈不上团圆。那么,她可以去香港呀!她设想的反驳是,美国新买的房子怎么办?卖了!她在心里说。然后,又会得到一大段全球经济的预测性论谈——这个问题可撞上他的强项了。如此自问自答,果然只剩下一条路,她哪里都不去。想象中的对诘十分聒噪,都听得见声音,自己一个人的声音,对方只是沉默。这沉默漫延过来,将她一并淹没。

陈玉洁在沙发里坐下,疲倦极了。公寓里依然只有最初添置的几件必要的家具,动静都有回音,仿佛一个巨大的空洞。许多时间过去,日光转移,房间暗下,将空洞遮蔽起来,她感到一点安心。朦胧听见门锁响,一惊醒,原来睡着了。一张年轻美丽的脸,凑得很近,就在她睁眼的瞬间,又离开了。女儿回来了。惶惶想道,没有做饭,让女儿吃什么?等着听女儿抱怨,却没有。自从有了维维安,很奇怪的,不是在他们父女之间,而是她和她,起了隔膜。有时候,她觉得女儿恨自己,恨她无能,让维维安插足。大概还恨她不是维维安,否则,父亲的爱就不会这样分裂。两千年的晚会上,父女俩跳舞的情景出现眼前。两千年,不是开玩笑的,真的,什么终结了,什么又开启了!

思绪弥漫,忽听见女儿的声音:吃饭了。方才还动弹不得的身体,这时腾地起来。女儿打开餐桌上方的灯,摆放餐盘,盘里冒着热气,是速成的意大利通心粉。她坐到桌边,有些惭愧地,低头捡起叉子。餐桌很大,足可以坐下十至十二人的大家庭,就像意大利人的家庭。现在只有她们两个,一头一尾,隔着一具枝形烛台,阻断双方的视线。她大口吃着,夸赞道:很好!自己都听出声音里的巴结。女儿说:谢谢。她们简直成美国人了,家人之间不停地道谢和道歉,这可以视作礼貌,同时呢,是不是也意味感情荒疏。停了一时,女儿说话了:法语课放假,我准备去上海,看阿娘。哦!她答应道,明天替你订机票。已经订好了,女儿很快回答。她抬头望过去,离得很远,在烛台的金属花枝后面,埋在灯影里的,绰约的脸,又长长的"哦"一声。明白了,女儿去的不是上海,是香港,她父亲出的机票钱。还是那句话,钱不是问题。不知道他们父女如何交割的,背着她,她已经出局了,没她的事。心里却另有一阵轻松——从女儿的示好,浮泛的,冷淡的示好,就可看出有事,现在知道是什么事了。女儿很快吃完,将空盘子留给母亲,事情说完,洗盘子的活就还给她了。

洗完盘子,收拾干净锅灶,对着厨房的窗口看一会儿。这幢公寓楼,兀自耸立,站在高层,就像身处云端。城市之光升起来,又将它托得更高。是装糊涂,还是为佐证猜疑,她走出厨房,到卧室里取了一叠钱,去敲女儿的门。等里面说声"请",才敢推进去。女儿背对门,蹲在地上整理箱子,她说:把这钱交给阿娘。女儿说:有了。还是将钱放下,用镇纸压住。女儿没有回头,从背影看,似乎在哭,肩背微微颤动。纤细的娇好的身体,后颈里有一个浅窝。她都能感觉到这身子的体温和气味,还有哭泣。她想过去抱抱这身体,可明显感觉到一股拒斥。还有她自己,也在拒斥着接近。越是至亲的人,越是近不了。女儿在疏远她,事实上,她不也在疏远女儿吗?两个受伤人,各领一份伤心,合起来就是两份，情何以堪。她悄然退出，带上门。

　　下一日，她又去了布鲁克林。本还是决定走威廉斯堡桥，但中途改变主意，转为地铁。忽然心急起来，等不及要到"牛铃"，见到老板娘。见到又怎样？上回去，见到也像未见到，原就是陌路，又因为陌路，才可倾心相诉。出来地铁，时间才到午后一时，生意正忙碌。但不是周末，兴许好些，就直往"牛铃"走去。她可以等，等客流过去，老板娘闲下来。就像上上回，面对面坐在无人的店堂，听老板娘讲述。这回该轮到她讲，就扯平了。过几个路口，即到"牛铃"，推开门，果然不是周末的热烈，七成座光景。华裔女人一边送菜一边回头照应：随便坐！显然认得她。走进几步，在上回立柱后面的小桌坐下。华裔女人端着餐盘经过，放下一杯水在桌上，来不及说一声"炒饭"，人已经走过去。四顾周围，没有老板娘的身影。华裔女人却又站到跟前，她想说炒饭，开口却是面条。什么面？女人问。牛肉面，她说。炒面汤面？汤面。这几句应答往来速度很快，方有结论，女人抄走菜单，又不见了。留心看店内形势，但见华裔女人和墨西哥跑堂，脚不点地，折返于前堂与后厨之间。后厨传出的声气亦有些两样，烟火吞吐不那么汹涌澎湃，铲勺砧板的敲击则显得零落。老板娘始终没有出现。汤面上来了，鲜浓异常，便知不是从食材中提取，而是来自现成的汤料，那几片牛肉是后放的，来不及煮滚，所以就半凉。有一种变故在发生。她慢慢地吃面，等待老板娘露面，或者说，等待事态水落石出。客人少去些，仅余几位，其中包括她。时钟指向两点，华裔女人立即挂出打烊的牌子，站到收银机前清点小费。看来，眼下由她掌管店内事务。

碗里的汤喝尽，墨西哥人已经换上自己的衣服，双膝敞着破绽的牛仔裤，白色T恤底下看得见硬实的肌肉，走过她身边，笑一下，露出洁白的牙齿。现在，她是最末一个客人了。推开碗，站起来，走到收银机前索得账单，按最高一档小费给付。慷慨的数字让华裔女人脸色变得柔和，她趁便问：老板娘不在？对方含混地说"是的"两个字。她又问：去哪里了？回答依然是含混敷衍的：出去了。什么时候回来？她紧问一句，收银机后的人抬起脸，表情转为警惕：是老板娘的朋友吗？这句话将她问住了，顿一顿，说：是。女人怀疑地看着她，复又低下头去，不再回答。她仓皇退后，向门口去，自觉有落荒而逃的意思，反倒不甘心，镇静下来，说道：我们在柏林就认识。华裔女人一怔，猜不出眼前人什么来历，脸上又换一种表情：老板娘的事情，我们并不知道。

　　吃了个软钉子，多少有些悻然，走出来，茫然四顾，不知要往何处去。身后玻璃门里，有一双猜度的眼睛，想：这个女人是做什么的？她终于举步，沿街走去，街道渐渐开阔起来，也更加清寂，绿地和石阶上面，矗立一座犹太教堂。从底下走过，却进入一扇栅栏，浓荫蔽地，花枝扶疏，蜜蜂嗡嗡飞舞。想不到布鲁克林如此广大。她在石凳上坐下，不远处是儿童乐园，有母亲和孩子玩耍，话音和笑声散开来，轻盈地振动空气。她吁出一口长气，醺醺然的，仿佛有一股醉意袭来。小孩子走近跟前，仰头看她。黑亮亮的脸蛋，头发被红绿丝线扎成五六个小辫，朝天冲起。小孩将一枝花扔过来，她探身去牵手，却一个转身跑了。就这样，坐到太阳西移，该起身走了。掸去膝上的落叶，出公园，循来路回去搭乘地铁。经过"牛铃"，禁不住往里看一眼，这一眼分明看见一个人，在银台后面，不是老板娘又是谁？猛一推门，门里人倒是一惊。这时，华裔女人忽从店堂深处现身，说道：她等你好久！心中涌起感激，感激代她说出这句话。老板娘并不觉得有什么唐突，从银台后面走出，领她到临窗的餐桌，就是她们头一回谈话的地方，面对面坐下，女人已经端上一壶茶。其实，她这时意识到，老板娘早已认她做朋友，所以也就不问为什么事而来。积郁的情绪舒缓下来，倾诉的欲望也不那么迫切了，平静地看着对面的人，这就发现这人样貌有变。原本饱满的脸颊变得松弛，于是皱纹生出，不仅是面部，衣服里的身子也枯索了，肩袖处空落落的。华裔女人退出店堂，留下她们自己，就像那一天，可是不对，少了一个，在后厨入口处，光影里的身形。你男人呢？她问。病了！老板娘说。什么病？照理不该这样紧追，疾病属于隐私，她们中国人却大可忽略不计。再则，她们是有缘人。肝病。老板娘果然不瞒她，她却纳闷，肝病的人做大厨，可是大胆得很。医生怎么说？她接着问。换肝！对面扔过来两个字。有保险吗？那人苦笑一下：我们这样的人，都是自己保自己。她倒吸一口气，不知道说什么好。那人却奋勇起来，高声说：我可以把我的肝给他，切一半，可是，什么医学伦理法规，非亲属关系，不可捐供体。可是夫妻属于亲属关系，而且是最密切的亲属！她说。对面的人奇怪地一笑：我和你说，洋人的脑子有毛病，他们相信文书，市政厅的注册，或者教堂里的誓言，戒指换来换去，你愿意我愿意，就不相信眼睛，这是一种有病的人类！她明白他们没有婚姻合法手续，倘现在办理，就又要增加审核手续。我的心肝！对面人压低声叫道，将头埋在臂弯里，伏在桌面上，不动了。

本来是这一个说给那一个听，结果还是那一个说给这一个听。

精瘦、细长、腿脚有功夫、拜师学过咏春拳、福建籍的男人，柏林时候，是她餐馆的厨工，比她年少十岁，彼此有心，但因东家尚在。这东家于他们双方都是有恩，可说是收留他们的人，决不可辜负的。青田女人看着她，又奇怪地一笑：按洋人的脑筋，我没有义务，我和老头，既没去过市政厅，也没上过教堂，威斯巴登那边，老头家里，还有一大群人呢！她没问一大群人里有没有他的太太，有又怎么样呢？我们有人心！青田女人握拳捣捣胸口。老头是在柏林这边走的，没受罪，一觉睡下，再没醒来，积多少德，才有这般福气？也是个受苦人，跟伯父出洋，漂到欧洲，二次大战以后，德国战败重建，需要劳工，才有了身份。这时候，积攒了些钱，就在威斯巴登地方，做中国餐业，起先是一个亭子，渐渐做大，又各处开出分店，柏林店就是其中之一。老东家过世，她电话通知威斯巴登，等那群人来到，接上手，便离去了。店、房子、家什、钱款，都留下了，就带走一个人。下巴向后厨方向一抬，后厨沉寂着。所有东西都在人家名下,平日里,老头没少给她,做人要凭良心!拳头又在胸口捣捣。两人离开柏林,来到这里,也是投奔老乡,不是温州人,而是福建人,反正,都是自己人!从柏林来到纽约,可真看不惯,就像国内说的"脏乱差",你知道——青田女人说,德国人特别会收拾,脑子有病归有病,收拾东西却不得不服气,一大优点!她不由笑起来,多少天来,头一次展颜。不过,"脏乱差"有"脏乱差"的益处,就是活路多,脑筋坏得轻一些,比较好商量。两人笑起来,并且,一发不可收拾,前仰后合,直笑到眼泪出来,才渐渐收住。

好了,开出这间店,安下家,再生个孩子——青田女人看着她,正色道,你不要笑!我没有笑!她辩解,你笑我生不出来,上回报纸说,七十岁的老太太,还生下一对双胞胎。她不知道哪一张报纸登过这样的奇闻,面对这个女人,伤心欲绝,又野心勃勃,还能说什么?我身体好,生理年龄很年轻,例假正常,整日价想着和男人上床!两人又笑,止住笑又添一句:只想和我男人上床。话说回到这里,气氛沉寂下来,愁容浮起,方才脸上的光彩褪去,蹙眉道:按我们家乡话说,我这样的女人身上有毒,沾一个,灭一个。她心里一惊,有些被乡下人的迷信吓住,嘴上却道:没那样的事!对面的人忽昂扬起来:有这样的事,也不是我,头一个,是寿数有限,该当死的;这一个,还没死呢!我命好,罩得住他,你信不信?她点头说:信!

茶喝干了,什么时候,华裔女人进来店堂,坐在一隅,将筷子插进纸套,再又按桌摆放。到开业的时间了。隔着距离,主雇俩来回说着什么,用的是相近的方言,就知道华裔女人也是青田一带籍贯。她听出几个字,"后厨"和"前堂"什么的,大约人工不足,不是缺大厨吗?于是就要重新调配。都没想一想,贸贸然,脱口而出:我可以帮忙!那两人都一怔。青田女人说:你能做什么?至少,她啜嚅起来,至少,洗碗!青田女人说:我付不起你这一等的洗碗工。她想表示不要工钱,又怕人以为说大话,不如客观一点,就说:按市价就行。两人都看她,检验说话的真假,她红着脸,又啜嚅一句:反正我也没事。这一句话比较能信服人,她确实有闲人一个,谁都看得出来。于是,她留下来,当然不是洗碗,洗碗太屈才了,青田女人说,做前堂。这样,自己可以掌勺,不必让小工上灶。华裔女人取出一件制服,紫红色的棉布做成中式斜襟立领,裤子倒是西式，裤脚上各有一个盘龙的印花，脚下是塑胶平地布面鞋。她为难起来，商量说能不能就穿自己的衣服，像你一样——她指指青田女人身上的荷绿裙装。女人说：我是老板娘！她只得换上，两人都忍着笑。老板娘忽想起什么：你找我有事？她回答：没有，我就是没事！一半是人手的需要，另一半是，好玩，就像小女孩扮家家的游戏，穿上制服的她，变了一个人。青田女人上下端详她一回，问：怎么称呼？她说出名字，对方也说出，陈玉洁和徐美棠彼此结交认识。

七

如此，陈玉洁过起一种上班族的生活。每天十时走出家门，搭乘地铁。纽约尖峰时段已经过去，人流稀疏下来，车厢里也空裕了。现在，她能够辨别出，座上客多有餐馆里的工人，表情既是漠然，同时又有一种自足。她虽然不像他们的职业化，可至少，也是有去处，知道要做什么的人了。十点三刻踏入"牛铃"——这是一具真正的牛铃，来自德国绿草茵茵的巴伐利亚下州。华裔女人，她跟着美棠叫作阿初姐，已经在店堂，后厨里有人到,听得见砧板声响。美棠时在时不在,视福建人那边需要而定,事实上,不在的时间在增多,店内的事务基本由阿初姐掌管。这是个谨慎的女人,口风很紧,从对店务的态度,陈玉洁以为或者是有投资,或者就是恩情重。温州人以乡谊为契约,自成一个社会,内里的规则外边人是无法谙透的。饭店照常营业,但仿佛有一种气息发散出去,生意日渐清淡,小费收入减少,墨西哥人离开了。陈玉洁的加盟就变得重要起来,甚至必不可少。她且格外卖力,其中既有新鲜的成分,也有帮助美棠的原因,更主要的是,这一段日子,她的心情在好转。女儿走了——确定去香港无疑,女儿的信用卡是她的副卡,看得出消费地所在。难免想象父女聚首的情形,他将如何介绍维维安?会不会引女儿进他那个家——她确定无疑,那里有一个家,人是需要有一个家的。女儿和维维安怎么相处,她们应该年龄差不多,属同一代人,也许能做朋友。那晚,女儿饮泣的背影出现眼前,她明白,女儿对即将发生的事情早有准备。一个人的公寓,更显得大而无当,为摆脱四周空间的压迫,她将其余房门都锁上,只在自己的一间里活动。当走过客餐厅去厨房的时候,听见自己的足音,就觉得压迫追逐而来。于是,将咖啡机、面包机、微波炉移进卧室,尽最大限度减缩活动范围。

"牛铃"完全是另一个世界,这段时间的相处,阿初姐和她似走近了些,称呼从"陈小姐"改为"玉洁",还与她商量店务。现在,没法和美棠谈什么事了,"魂灵走出了",这是阿初姐头一回向她评价老板娘。生意几近减半,阿初姐建议做成自助餐,以低价招徕,后厨和前堂的劳动都可节省。陈玉洁则对自助餐的客源抱怀疑,只怕新客未来,旧客已走失,她的意见是减少菜式。事实上,她发现,客人经常点的也就那几味,大多只是虚设名目,装门面而已,但凡遇到促狭的客人点将,或是说无货,或是勉强凑合。如今的大厨是原来的小工,能将常用的几道应付下来已属不易,再要有额外之举,一定砸锅。阿初姐觉得有理,当场拍板。两人也不去问老板娘,自主改写菜单,送去打印压膜。次日的下半天,美棠来店里,对菜单的革新视而不见,一路走到临窗桌前坐下。这一回,是陈玉洁端上的一壶茶。因穿了服务生的制服,先没认出她,后又说:以为是阿初姐呢。又低头不语。两人一个坐一个站,沉默好一时,美棠抬起头,认真看她,她被看得发怵。过一会,那人开口了:原先他身体好好的,每日早起一套咏春拳,自从你来,就出这样的事!阿初姐在那头看着,身影显得紧张,怕她们起口角吗?她静一静,在对面坐下,说:我确是个有霉运的女人,但并不在这一路。哪一路?那人脸上浮起讥诮的笑容,问道。霉在桃花运上,她说。那人收起冷笑,暗处可见阿初姐的身影似也松弛下来,放心了。陈玉洁开始讲自己的故事,三言两语,交代完毕,自己也惊讶这样没有感情色彩。兴许,她说,你们夫妻和美,不定是借我的呢!美棠目不转睛地看着她,她接着说:无论什么事,总量不变——天哪,她也说出"总量",这才叫不是一家人,不进一家门!总量不变,老天爷分配不同,这里多一点,那里就少一点。什么鬼话!对面人轻声道,脸上的愠怒退下去,换一种温柔的表情。

这一天,美棠在店里守到打烊。晚饭时,她亲自下厨,做一盘温州炒饭,端给陈玉洁。就是头一回来"牛铃"吃的,米饭炒到粒粒松散,珠润玉滑,覆一层金黄的油炸虾米。自己也不吃,就坐在对面,指导她如何将米饭和油渣合起,一并入口,直看她吃到盆干碗净,吁出一口气,起身说:走吧!

生意不可阻止地下滑,这就是个连环结。店堂越冷清,上客越少;上客越少,店堂越冷清。外卖还勉力维持原状,送外卖的人手,墨西哥人却走了。只有阿初姐自己送，陈玉洁路不熟，又不会骑摩托。她曾经想过开她的车来，可那是一辆迷你宝马，太不合时宜，就打消念头，镇日留守，于是，店务有一半归她处理。每天提早一小时出门，推迟一小时进门，这又有什么用呢？客人继续少下去，有时候，一个上午不上座。厨工坐在后门口用手机打游戏，阿初姐到美棠处帮助料理家事，美棠回中国老家，找一位大师指点，留福建人自己在家休养。陈玉洁在店堂里梭行，餐桌摆得不能再整齐，碗碟洗得不能再干净，玻璃窗明晃晃的，如此的清洁，只让人觉得肃杀。要知道，布鲁克林是个闹哄哄、乱糟糟的地方，整个纽约就是个闹哄哄、乱糟糟的地方，所有人同时说话，为使自己的声音听得见，不得不吊着嗓门，你高过我，我高过他，他再高过你，最后谁也听不见谁。

美棠从国内回来的那一日，情绪高涨，大师的箴言极其鼓舞。大师说，福建人的星命是在西边，前半段他是顺势行，从中国香港到欧洲，到美国，不是一路向西？然而，在东岸滞塞久了，应继续向西，所以，就准备迁移。"牛铃"怎么办？玉洁问。美棠说出一个字"卖"。阿初姐声色不动，陈玉洁则是一惊：卖？美棠斩截道：卖！陈玉洁不禁惘然，她已经将"牛铃"当成自己的家，倘不是有它，每日晨昏如何度过？不要！她的声音带着哀恳。美棠避开她的眼睛：人命关天！说罢走到银台，打开收银机，又推上，再打开。事实上，心绪烦乱，不知从何入手。玉洁镇定下来，说道：卖给我！连阿初姐都吃一惊，可是，不谓不是个出路。开个价！她说。美棠的手停下来，转脸向她，忽怒从中来，说：知道你有钱，有钱人买幢楼就像买棵白菜，可是，你知道怎么经营？你会吗！玉洁说：我雇你做经理。美棠止不住笑出来，笑着笑着哭了，人朝后一退，坐倒在地上，双手拍着地面。她上前拉扯，被阿初姐止住，动不了。号哭声在店堂里回荡，其中夹杂着诉说，是青田话吧，没一句听得懂。

这一日，"牛铃"照常营业。美棠对玉洁说，饭店接手，一日不可停业，否则就少去一堆回头客，若要装修，只有夜间施工，懂吗？方才一场恸哭，将多日的积郁清空，脸色变得澄明。懂了！她驯顺地答应，心想阿初姐不让她上去劝是对的。那人接着说：留住现金，现金为王，所以，中午必收现金，晚上才刷信用卡。懂了！她说。中国话说，天网恢恢，疏而不漏，这个国家是法网恢恢，密而有漏，你知道区别在哪里？不知道，她谦虚道。读过的书白读了吧！一个是天网，一个是法网！那人得意地说。天网是全罩，法网只罩一半，我们是罩不住的那些人，所以这也不合法，那也不合法，动一动就犯法，但是，在天道里，都是入籍的人，这就叫"星命"——说到此，停下来，仿佛陷入茫然，不知该往何处去，顿一顿，又接下去——所以，我们要往西岸去。西岸什么地方？玉洁问。走一程算一程！"叮"一声响，进来客人，阿初姐赶紧迎前领座。那人却不肯挪步，当门站着，这才看清是个洋人，英语却说得磕磕巴巴。他说不是吃饭，是寻工。问他会什么，回答"拉面"。这三个人就都笑起来，他却很认真，说曾经在老家布拉格跟过一个中国师傅，学过两年"拉面"——"拉面"两个字是用中文说的，发音很准。美棠和玉洁互相看着，问：要不要？一个说：你是老板，你说了算。另一个说：没过户，你就还是老板！那洋人不知道她们说什么，来回看她们的脸，最后美棠做了个拒绝的手势，来人退出了。

如此搅扰一下，卖店的话题搁置了。又仿佛是一个谐谑的开头，剧情变得活跃。到下半天，忽然上客了。美棠到后厨掌勺，小工将砧板剁得山响，阿初姐的女儿，一个高中生，也喊来帮忙。看女孩伸开小臂内侧，稳稳搁一溜碗碟的手势，就知道在中国餐馆里长大,却不会说一句中文。热腾腾的气氛,像是起死回生,又像最后的晚餐。第二日上午,街区格外寂静,一夜狂欢之后,宿醉未醒的样子。生意回复平淡,美棠也回到时来时不来的旧况。阿初姐告诉说,在法拉盛找到一位中医,给开了方子,有几样药引很难得,老板娘正寻觅,这才叫病急乱投医!阿初姐叹道。陈玉洁倒有一时的心安,因暂时不会有变故,只期盼现状维持一日是一日。每到收工,与阿初姐一并结账,关窗闭火,两人在"牛铃"门前分手,一个驾摩托,一个步行往地铁口。周末的地铁,总是很乱,停开的停开,并线的并线,陈玉洁始终没有总结出规律,都是走着瞧。这日错了一条线,下在陌生的站点,站台上没有一个人,心里有些生畏,索性出站上到路面。远远看见新建的世贸中心,夜雾缭绕中,塔尖发出幽光。她辨别出方位,徒步往中城走去。

凌晨时分,城市在静谧中浮托起来,升高了,空气凛冽。她生出一种奇怪的分离,好像一个自己看着另一个自己,走过一条街,又一条街。红绿灯兀自转换,路口无车亦无人,只有她自己,穿行在楼宇之间的峡谷。她张开双臂,简直要飞起来,飞到楼尖上,俯瞰曼哈顿岛。

这一日，回到公寓，推门就见灯光大亮，上锁的房间敞开门，客厅地上桌上堆着东西，女儿赤着脚跑进跑出。她有一点激动，喊了一声，女儿转过脸，蹙眉看她，问道：哪里去了，这么晚！她说：上班。女儿转回头继续忙碌，似乎有一丝笑影掠过，笑她：你能上什么班！女儿看不起她，她很理解，转身回自己房间，女儿却又说出一句：看你过的什么日子！她站住脚，掉过头，看着女儿：我过什么样的日子，你们比较满意？她着重说"你们"，而不是"你"，话里有话，难免是刻薄的。她注意到女儿比走前略丰润，经历十多个小时飞行，竟然还很精神，看来这一个月过得不错。女儿瑟缩了，喃喃道：对自己好一点嘛！她心软下来，又一次听到这句话，由女儿说出来，到底不同些。她叹一口气，说：我过得很好。女儿低下头，将桌上一堆礼盒推向母亲：给你买的。谢谢！她说，看见包装袋上写着"崇光百货""金钟广场""太谷城"的字样，不是从香港来又是从哪里？女儿说：下月就去巴黎，已经找好一所学校，那人付了全部学费。"那人"是指父亲，一阵痛楚袭来，她让孩子失去父亲。事实上，父亲还是父亲。停一时，她问道：爸爸还好吗？这个问题真把人难住了，女儿停了更久的时间，然后回答：不知道。

这一夜没有睡好，临天亮方才入眠，一觉起来已是上午十点多，大叫不好，赶紧起床。公寓里静悄悄的，女儿的卧室门紧闭，里面藏着女孩子甜甜的睡眠，几乎听得见纤细的鼻息声。她忽然想到，女儿走了，她又将是一个人在这公寓里，四壁空空，邻里老死不相往来，难得见面，需用外国语寒暄。禁不住悲从中来，冲出门去。电梯下到底层，穿过大堂，站在楼前的合欢树花影地里，静了静，将眼泪吞进肚里。

到"牛铃"已经中午，料想不到，美棠在店里，正和阿初姐说笑，看上去心情不坏，大约药引子觅到了。两人都注意到玉洁神色有异，阿初姐装没看见，美棠的眼睛一直追着，就晓得放不过她，不如照实说了。其时，心情平静下来，却如死水一潭。美棠的眼睛还在她脸上，仿佛看得穿她，说：你这样不行！陈玉洁不明白了：这样是怎样？美棠说：这样就是这样！陈玉洁无心纠缠，不予理会。美棠的手搭上她肩膀，硬是扳过身子，这使她想起梅西百货里的那个兰蔻女人。中国同性间不忌惮肢体接触，这是多么好的文化啊！美棠扳过她的身子：你要学会崩溃！这倒出乎意外得很，转过眼睛，直看着对面的人。崩溃呀！美棠说。陈玉洁想起这青田女人坐在地上呼天抢地的情景，要是也能来那么一下，或许会轻松很多。可是，她真的不行！美棠继续启发：你看外国电影，洋人碰到屁大点事情，就尖起声音大叫，撕扯头发，然后到洗手间，拉开柜子，翻找药瓶子——哗啦啦撒一地！美棠学着电影里女人的疯狂动作，陈玉洁笑起来。要崩溃，才能救自己！美棠说。看她还是笑，便叹气：你可真能熬，那还怕什么呢？牛铃叮一响，上客了。

八

女儿索性不回来，她也就撑持了下去，可一来再一走，情况就不同了。公寓里又剩她一个人，形影相吊。她想，儿女就是让人软弱的一样存在。她很羡慕美棠能够崩溃，崩溃也要有能量不是吗？像美棠这种元气丰沛的女人，才可如火山爆发，岩浆奔腾。她显然热力不足，也是受文明毒太深，异化了本能，自持的结果就是自伤，一日一日萎缩。美棠说，跟他们一起去西岸，地方都定了，圣迭戈。为什么是它？从中国回来路上，在芝加哥机场转机，遇到一个台湾老太婆，说是老太婆，也就六十来岁，在圣迭戈开餐馆，抱怨儿女都不生孩子，不让她做祖母，说一旦有第三代，立马卖掉餐馆，专司喂养。美棠说，要卖就卖给她。虽是戏言，但两人认真交换通信方式。美棠向玉洁说着这段路遇，眼睛烁亮，在日渐消瘦，瘦成长条的脸颊上，有一点叫人害怕。这梦呓般的憧憬并不鼓舞，反是沮丧。事态不可逆地颓圮，越来越加速，越来越不祥。这两人各在迷局，头脑已经糊涂，单阿初姐一人清醒，照管店务。实在忙不过来就遣女儿来帮忙，有时小姑娘还带来意大利籍的小男朋友，两人唧唧哝哝说着情话，交臂而过抽空亲个嘴，难免打翻碗盏，或者上错菜点，轻佻的举止不合当事人的心境，但也调节了"牛铃"里的阴沉空气。

这一天的中午，依然小猫三只两只，帮工的小男女在学校上课，陈玉洁和阿初姐两人对付，尚有余裕。叮一声铃响，进来的是美棠，脸色平静，并不说话，径直走过店堂，向里走去，通往后厨的过道口一转身，不见了。陈玉洁寻到跟前，见地下室楼梯上，有人影一闪，随即也下去。暗中几条光线，从顶盖的金属板缝隙透进来。她磕绊着循动静迈步。空气中充斥一股咸腥辛辣的气味，由脱水的鱼鲜和肉类合成，是唐人街特有的，一旦走近，便扑面而来。她想起第一次来到这里，远远就看见，盖板翻起来，精瘦的福建人，半个身子探出街面，接货放货，行动生风。她叫了一声，纸箱后面传出回答：让我崩溃一下。她不做声了，等待有惊天动地的事情发生。时间在沉默中过去，什么都没有发生，但是，她又分明感觉到一种坍塌，先是一角，再是一面，然后一层一层陷下来。灯啪地打开，地下室一片通亮，却更像是夜晚。阿初姐的声音在头顶响起：你们在做什么？上客了。她振作一下，转身上去，留美棠自己。崩溃吧！她在心里说，按物质不灭的原理，收拾收拾，再做一个人。

方从地下室上来，不禁让地面上的光明眩了眼睛，今天是个好天气。她依阿初姐指点，去到窗边桌上，放下一杯水，客人屈指叩两下桌面道谢，然后将手点在牛肉汤粉一栏。这一位先生，亚裔的脸，从形状看，大约是香港人。她忽觉得面熟，仿佛见过，又不知在哪里。客人双手插在短夹克的口袋里，安静等待上餐。看不出年纪，似乎是中年，因发顶稀薄，面上也见沧桑，但却有一种单纯，让他显得年轻，就像一个在校的学生。汤粉送来，他自己从桌上调料瓶倒出辣椒酱，覆在碗上，筷子一搅，还未进口，额上已冒出汗气。从吃口看，也像广东一带的人籍。牛铃响一声，进来人，隔一条街上修路的南美人，每回都是同样，一块猪排，炸成两面黄，一勺米饭，几朵绿菜花，最后浇上酱汁。近些日子，他们成为中午的主要客源。吃饭带打尖，可消磨一整段休息时间。没什么赚头，但有他们在，店内就显得不那么萧瑟，客引客的，也带进少许生意。香港人还在吃，头埋进汤碗，顶上稀发受了热，竖起来，看上去有点滑稽。顺道时，她替他添了茶，手指头又叩两下桌面。她想，他要是发声说话，也许就想起来是谁。可他一直不张口，于是，那一点模糊的印象消失了。

南美人离座上工去了，香港人这才招手买单，临走终于开口，问道：老板娘不在吗？她犹疑一下，回答：老板娘很忙。哦，他说，然后走过店堂，推门出去。声音和姿态都是温和的，是个有教养的人，陈玉洁收拾起碗盘，心里想。中午营业过去，她们几个已经吃过，美棠方才从地下室上来，脸上没有泪痕，甚至相当平静，这平静是崩溃之后还是之前？她暗忖道。阿初姐下厨做一碗汤饭，捡几样咸菜放在面前，走开了。陈玉洁站在桌边，看徐美棠用餐，这情景使人想起初次邂逅，但是反过来，这一个坐，那一个站。她告诉说，方才来个客人，问起老板娘。美棠"哦"一声。她继续描绘客人的形象，也是没话找话，气氛不至太消沉：身量不高，黄黑皮肤，态度谦和，口音里——这就吃不准了，因为客人惜字如金，说话极少。美棠说：知道了！再找不出话题，就枯站着，看美棠吃下一碗汤饭。热食使神经放松下来，方才的平静更可能是极度紧张。此时，脸上浮出红晕，显得十分慵懒。抬头看她一眼，说：那人也是从德国过来，原先在汉堡开书店——她这就想起为什么面熟，那个沉默的书店老板，搬着半人高的书走上走下。书店呢，盘给谁了？陈玉洁问。盘给谁谁要？赔本的买卖，拿老爹的钱不当钱，早晚一回事，关门大吉！美棠仿佛很来气，说出一大串。刚才应该叫你的，玉洁颇有遗憾。千万别！美棠举起一只手挡在脸前，我怕他。她纳闷着，想不出怕他什么。举起的手捂住眼睛：我怕上帝，他是上帝派来的。美棠的手久久不放下，看不见手掌后面的脸，她拾起空碗，走开了。

这天夜里，福建人走了。阿初姐电话给她，约好次日一早去吊唁。美棠的家在布鲁克林福建人集居的街区，不晓得是哪一代的唐山客过海到这里，买下地皮，翻造房屋，出租给同乡人。纵横的街巷，墙上用中文和注音写着：同安道、南平道、泉州道……显然以籍贯命名。美棠所住莆田道，一条狭街尽头搭起灵棚，两行花圈排到街口。一是入乡随俗，二也是生计繁忙，丧事免去繁冗，一切从简。遗体直接从医院送去殡仪馆火化，然后送回，停放在本乡人的祠堂，一间独立的二层小楼。灵棚里只设一张相片，相片中人很年轻，也是精瘦，不笑，严肃地看着祭奠的来客。她和阿初姐各点三炷香，送上白包，就赶回"牛铃"，饭店照常开业，正如美棠说的，停一日，拒一批回头客。吊唁的人群里，看见前日来店里的香港人，听见有人与他招呼，称他潘博士。

三天之后，美棠来到"牛铃"。前一日里，新聘的大厨上工了，也是福建籍，但来自不同的县份，早几日就找下了，碍着美棠，等尘埃落定，这时才进店。他称阿初姐老板娘，陈玉洁并不以为意，很快发现，"牛铃"已然易主。其实，自福建人得病，美棠就一直向阿初姐出让她的份额，终于，所剩无几。等福建人走，其余的全部脱手。这一切，都是在陈玉洁不知情下进行，她到底是局外人。美棠不在"牛铃"，她也就没理由在了，最后一次来到这里，一是向阿初姐道贺，二也是，怎么说呢？前后几个月相处，她总要道别一下吧！阿初姐将她们安顿在临窗的桌上，她们总是在这张桌上，面对面。阿初姐一道一道地上菜，很快铺满餐桌，留下她们自己说话，不再作陪——都是自己人，阿初姐说。这一日，最忙碌，进货，卸货，与新厨子交涉，又有应工的面谈。美棠双手抄在胸前,合目养神,她不敢打搅,沉静着。只听牛铃"叮"一声响,又"叮"一声响,再"叮"一声响时,进来了那个香港人,潘博士,看着她们,犹豫一下,走到立柱后面桌前坐下,与两人隔一段距离。

他又来了!她轻声说。谁?美棠合目问。潘博士,她说。美棠笑一笑。请过来一起坐?她问。美棠没回答,就知道至少是不反对,于是立起身过去请人。潘博士受她邀请,没有意外,站起身随后跟来。阿初姐眼明手快,立刻将他的茶盅碗盏收拾起,几乎同时摆开在她俩桌上。现在,他与她坐一边,面对合目不动的美棠。有了第三人,气氛就活泛一些,她说:曾经见过你,在汉堡的书店。他当然记不得,抱歉地笑。她又说:那时候,中国学生往你书店好比跑娘家。他欲开口说话,结果还是笑而不语。她觉出这人的有趣,说:书店关门,中国学生没地方跑了,会感到寂寞的!潘博士这才说出一句:今非昔比。这一句可解释中国学生的处境,也可用来解释他自己的,称得上言简意赅。怎么来美国的?她问,自觉得像是审讯,但好奇心迫使,还因为此人的厚道天真,所以就不怕失礼,放肆了。他依然笑着,低下头,惭愧的表情。美棠却在一边出声道:传播福音来了！陈玉洁想起当时就有人告诉，这是个基督徒。美棠说：把老爹的钱造完了，只剩下福音了！她想拦住话头，这话既是渎神，又是伤人。他却接了过去：书店很难经营。美棠睁开眼睛：要我说，所谓福音，就是诅咒，是不是？我男人已经见好，遇上你，掉转身坏下去，坏到底！这是美棠一贯的逻辑，起先不还把她当灾星，如今转到这一位身上，是出于迁怒，但也可能是一种怪力乱神论。他强辩一句：他到上帝身边了！美棠冷笑道：上帝是谁？我们不认识，他应该在我身边的，在那里——她的手指向后厨——在那里炒菜。后厨里的油烟涌出来，仿佛呼应她的话。美棠！陈玉洁叫起来，不要再说了！她真有点骇怕，怕说话人会受罚。美棠转向她：起先还有些信呢，去教堂听讲经，听到什么"尘归尘，土归土"，就坐不住了，分明一个大活人，怎么就变尘土了？晓得这不是讲道理的时候，陈玉洁还是竭力劝阻：生死由命，不是潘博士的事！命？凭什么规定生死，是谁给它的权力？美棠态度很好，摆出一副讨论的架势。老天！陈玉洁乖乖地回答，就像受了魅惑，跟随走去。不还是上帝吗？美棠微笑着看对面两个人。她挣扎道：癌症是目前的科学尚无法解决的难题。对面的人歪着头：科学出来了，到底上帝还是科学有决定权？这样就进入有神论和无神论的命题。陈玉洁认真起来：上帝有决定权，但它要借用一双手去实施，科学就是这双手！徐美棠问：为什么是科学的手，而不是你我的手？她说：你我太渺小了，一个人的时间也太短促，要经过许多许多代，才能发出一点光芒，科学之光！对面人说：这话我不能同意，照这样说，我们都是白耗时间，浪费生命？潘博士被她们的对话吸引，兴奋起来，几次插话，企图发表意见，都被挡回去。他哪里是她们的对手，一个有强悍的性格，另一个则是知识的力量。但他的笑容，那么谦逊和惭愧，更好像一切都是他的错，于是又显得无辜。他只能不断扶一扶杯盏，它们在双方激烈的手势底下，差那么一点点就倒翻到桌子底下去。

三人走出"牛铃"，已是薄暮，这一餐饭，从午前到午后，再到晚间营业时间。阿初姐送到门前，嘴里说着"再来再来"，事实上都知道不会再来了。三个人都有些醉，无端地高兴着，走在街上。抬头看见电线杆上高高吊着一只靴子，原来是修鞋铺招徕生意的广告。美棠说：洋人的脑筋很有毛病！潘博士弯腰拾起几块石头，瞄准了向靴子投射，终于有一块射中，靴子动了动，玉洁说：它接受了福音。三个人在威廉斯堡桥口分手，各往各处去。她走上大桥，引桥在布鲁克林上空盘旋,离河面老远老远,等她走到桥中心,灯光亮起了,在心里喃喃说一声"科学之光",继续向前走。

后来,陈玉洁和徐美棠真的去往加州圣迭戈,西岸的南部。那个台湾老太婆出售的餐馆还要向南,临墨西哥边境的一个小城,到摘采草莓的季节,就有大批的墨西哥人过境到农场做工。这里的墨西哥人比纽约的温和,应该说,所有族裔的人都比纽约的温和、安静、亲切、友善。大城市将人磨砺成一种坚硬的材质。这餐馆是当地唯有的两家中国餐馆的一家,已有四十年历史,那老板娘用它养活了三男二女,终于,第三代出生,便收官退休,享含饴弄孙的天伦之乐。她信守诺言,将餐馆出让给徐美棠,严格说,是徐美棠的朋友陈玉洁。按先前的立约,陈玉洁做老板,徐美棠任经理,经理兼大厨,老板负责前堂。原来的一个厨工,一个跑堂,还有一条大狗,一并留下来。那狗太老,不能承受迁徙的动荡,似乎自知无法跟随旧主,很认命地趴在窝里不动。临别时,泪眼对泪眼,很久很久,无奈门外车喇叭一径地催,方才一拍两散。

餐馆总共十来种菜式,编号排序,无论鱼肉荤素,一律都是滚水中汆一汆,然后浇上预先调好的酱汁——

老板娘称之"打挚司",不惜赐教,如何配料,打出味厚色浓的"挚司"。出于恭敬,一一应道,心里却不以为然,决定另开新路,往精细清淡方面发展。来客对盘中物流露出谨慎的态度,几天时间过去,一个人也没有了。只得因循老板娘积几十年经验创立的路数,方才渐渐回来客人,生意重又兴隆起来。餐馆没有申请酒牌,不设酒吧,晚上收市比较早。总体上说,小城的夜生活相当节制,只有公路边上的一家餐厅,通宵营业。尤其周末,聚集着年轻人,电子乐的低音,咚咚地敲击,空气起着震荡。从纽约那地方过来,多少会觉得沉寂,可两个人互相做伴。打烊以后,坐在厨房灶头边,做两个温州家乡菜,烫一壶日本清酒,电视机里播放着美棠所说"脑筋有病"的节目,有当无的,半个晚上过去,剩下的便是酣畅的睡眠。她们的睡眠都改善了,公路上疾驶而过车辆,从梦里穿行,使人不至于彻底坠入虚空。

即便是这样平淡的日子,也会有意外发生呢!有一日早晨,门敲响了,里边人还没开业呢。敲门声止住,过一时,又响起,来回几番,终于耐不住,开出门去。这一开门不要紧,一声尖叫冲上天。陈玉洁以为发生抢劫,大白天的,竟还有这等大胆的事,跑出来,也是一声尖叫。面前站着一个人,谁?潘博士!风衣上蒙一层土,身后一驾租来的车,也是一层土,垂手提一个旧背囊,腼腆地笑着,不好意思抬眼。两个高个子女人,一人一边架着胳膊,脚跟离地提进门去。问他怎么会来?他不回答,也不需要回答,管他怎么来,总之,他就来了。

潘博士住了三天,重又上路了。他出身香港一户富商人家,父亲指望他参加家族事业,攻读商科。他对经商一无兴趣,但也听从父命,来到德国读经济。第一年就被高等数学击败,转读哲学,为此和家庭决裂。终究是自己骨肉,父亲给出一笔钱,从此不再负担,无论生活还是学业。另有一笔存于托管基金,结婚成家时方可支付。他用到手的钱开出汉堡的书店,书店终于关门,便到教会做义工,挣些吃喝。因他始终没有结婚成家,所以名下的第二笔钱便不得动用。逐渐地,他发现自己,最适合的生活是,做一名游僧。开车行驶在西部的沙漠,仙人掌一望无际,太阳照耀大地,前方是地平线,永不沉没。

2016 年 10 月 27 日　上海